Erin Hunter

WARRIOR CATS

Short Adventure

Distelblatts Geschichte

WARRIOR CATS

Staffel I (Band 1-6)

Staffel II – Die neue Prophezeiung (Band 1-6)

Staffel III – Die Macht der drei (Band 1-6)

Staffel IV – Zeichen der Sterne (Band 1-6)

Staffel V – Der Ursprung der Clans (Band 1-6)

Staffel VI – Vision von Schatten (Band 1-6)

Staffel VII – Das gebrochene Gesetz (Band 1-6)

Staffel VIII – Ein sternenloser Clan

Fluss (Bd. 1)
Wolken (Bd. 2)
Schatten (Bd. 3)

Special Adventure

Feuersterns Mission
Das Schicksal des WolkenClans
Streifensterns Bestimmung
Gelbzahns Geheimnis
Riesensterns Rache
Brombeersterns Aufstieg
Mottenflugs Vision
Habichtschwinges Reise
Tigerherz' Schatten
Krähenfeders Prüfung
Eichhornschweifs Hoffnung
Graustreifs Versprechen
Leopardensterns Ehre
Kurzsterns Bekenntnis

Short Adventure

Wolkensterns Reise
Distelblatts Geschichte
Ahornschattens Vergeltung
Tigerkralles Zorn
Blattsees Wunsch
Die unerzählten Geschichten
Tüpfelblatts Herz
Rabenpfotes Abschied
Wege zum SchattenClan
Mystische Spuren
Minkas Familie
Punktfells Aufstand
Schwarzfuß' Abrechnung

Die Welt der Clans

Das Gesetz der Krieger
Die letzten Geheimnisse
Von Helden und Verrätern
Legendäre Kämpfe
Deine Welt der Clans

Graphic Novel

Schatten über dem FlussClan
Wind des Wandels
Verbannung aus dem SchattenClan
Der Dieb des DonnerClans

Alle Abenteuer auch als E-Books bei Beltz & Gelberg
www.warriorcats.de

Erin Hunter

WARRIOR CATS

Short Adventure

Distelblatts Geschichte

Aus dem Englischen
von Friederike Levin

GULLIVER

Besonderen Dank an Victoria Holmes

Erin Hunter ist ein Autor:innenteam und inspiriert von der Liebe zu Katzen und der Faszination von der Wildnis. Immer mit dem größtem Respekt gegenüber der Natur in all ihren Formen, findet Erin Hunter mystische Erklärungen für das Verhalten der Tiere und erschafft magische Welten.
Das Team ist ebenfalls Autor:in von Bravelands und den Survivor Dogs.

MIX
Papier aus verantwortungsvollen Quellen
FSC www.fsc.org
FSC® C089473

Klimaneutral
Papier
ClimatePartner.com/13732-1910-1001

Dieses Buch ist erhältlich als:
ISBN 978-3-407-74646-7 Print
ISBN 978-3-407-74704-4 Ebook (EPUB)

Die Originalausgabe erschien 2012 unter dem Titel *Warriors, Short Story, Hollyleaf's Story* bei HarperCollins Children's Books, New York
Aus dem Englischen von Friederike Levin
Lektorat: Susanne Härtel
Neue Rechtschreibung
Einbandgestaltung: Johannes Wiebel, punchdesign, München
Wort-Bild-Marke Warrior Cats: Hauptmann & Kompanie, München
Druck und Bindung: Beltz Grafische Betriebe, Bad Langensalza
Beltz Grafische Betriebe ist ein klimaneutrales Unternehmen
(ID 15985-2104-100).
Printed in Germany
7 8 9 26 25 24

Weitere Informationen zu unseren Autor:innen und Titeln
finden Sie unter: www.beltz.de

DIE HIERARCHIE DER KATZEN

DONNERCLAN

Anführer	**FEUERSTERN** – attraktiver Kater mit rotem Fell
Zweiter Anführer	**BROMBEERKRALLE** – dunkelbraun getigerter Kater mit bernsteinfarbenen Augen
Heiler	**HÄHERFEDER** – grau getigerter, blinder Kater mit blauen Augen
Krieger	(Kater und Kätzinnen ohne Junge) **GRAUSTREIF** – langhaariger, grauer Kater **BORKENPELZ** – dunkelbraun getigerter Kater **SANDSTURM** – kleine, gelbbraune Kätzin mit grünen Augen **FARNPELZ** – goldbraun getigerter Kater **AMPFERSCHWEIF** – schildpattfarbene Kätzin mit bernsteinfarbenen Augen **WOLKENSCHWEIF** – langhaariger, weißer Kater mit leuchtend blauen Augen **LICHTHERZ** – weiße Kätzin mit goldbraunen Flecken und vernarbtem Gesicht **MILLIE** – silbern getigerte Kätzin **DORNENKRALLE** – goldbraun getigerter Kater

EICHHORNSCHWEIF – dunkelorange Kätzin mit grünen Augen

BLATTSEE – hellbraun gestreifte Kätzin mit bernsteinfarbenen Augen und weißen Pfoten; ehemalige Heilerin

SPINNENBEIN – langgliedriger, schwarzer Kater mit bernsteinfarbenen Augen

BIRKENFALL – hellbraun gestreifter Kater

WEISSFLUG – weiße Kätzin mit grünen Augen

BEERENNASE – sandfarbener Kater

HASELSCHWEIF – kleine, grau-weiße Kätzin

MAUSBART – grau-weißer Kater

RUSSHERZ – grau getigerte Kätzin; Mentorin von **EFEUPFOTE**

LÖWENGLUT – golden getigerter Kater mit bernsteinfarbenen Augen; Mentor von **TAUBENPFOTE**

FUCHSSPRUNG – fuchsbraun getigerter Kater

EISWOLKE – weiße Kätzin

UNKENFUSS – schwarz-weißer Kater

ROSENBLATT – dunkelcremefarbene Kätzin

WURZELLICHT – dunkelbraune Kätzin

BLUMENFALL – schildpattfarben-weiße Kätzin

HUMMELSTREIF – sehr hellgrauer Kater mit schwarzen Streifen

DISTELBLATT – schwarze Kätzin mit grünen Augen

Schüler (über sechs Monde alt, in der Ausbildung zum Krieger)

TAUBENPFOTE – hellgraue Kätzin mit blauen Augen

EFEUPFOTE – silberweiße Tigerkätzin mit dunkelblauen Augen

Königinnen (Kätzinnen, die Junge erwarten oder aufziehen)

RAUCHFELL – hellgraue Kätzin mit dunkleren Flecken und grünen Augen

MINKA – Kätzin mit langem, cremefarbenem Fell vom Pferdeort

MOHNFROST – schildpattfarbene Kätzin; Mutter von Kirschjunges und Maulwurfjunges

Älteste (ehemalige Krieger und Königinnen, jetzt im Ruhestand)

MAUSEFELL – kleine, dunkelbraune Kätzin

CHARLY – kräftiger Tigerkater mit grauer Schnauze; ehemaliger Einzelläufer

SCHATTENCLAN

Anführer SCHWARZSTERN – großer, weißer Kater mit riesigen, pechschwarzen Pfoten

Zweite Anführerin ROSTFELL – dunkle, goldbraune Kätzin

Heiler	**KLEINWOLKE** – sehr kleiner, getigerter Kater
Krieger	**PILZKRALLE** – dunkelbrauner Kater **APFELFELL** – braun gescheckte Kätzin **RATTENNARBE** – brauner Kater mit langer Narbe am Rücken **BERNSTEINPELZ** – schildpattfarbene Kätzin mit grünen Augen **FLECKENPELZ** – dunkelgrauer Kater **ROTWEIDE** – braun und rostrot gescheckter Kater **TIGERHERZ** – dunkelbraun getigerter Kater **LICHTFELL** – cremefarbene Kätzin **ILTISKRALLE** – sandfarben und grauer Kater
Königinnen	**KNOTENPELZ** – getigerte Kätzin mit langem Fell, das nach allen Seiten absteht **EFEUSCHWEIF** – Kätzin mit schildpattfarbenem und schwarz-weißem Fell
Älteste	**ZEDERNHERZ** – dunkelgrauer Kater **MOHNBLÜTE** – langbeinige, hellbraun gescheckte Kätzin

WINDCLAN

Anführer	**KURZSTERN** – braun gescheckter Kater
Zweite Anführerin	**ASCHENFUSS** – graue Kätzin

Heiler **FALKENFLUG** – grau gescheckter Kater

Krieger **KRÄHENFEDER** – rauchgrauer, fast schwarzer Kater mit blauen Augen
HELLSCHWEIF – kleine, weiße Kätzin
NACHTWOLKE – schwarze Kätzin
RENNPELZ – roter Kater mit weißen Pfoten
HASENSPRUNG – braun-weißer Kater
HEIDESCHWEIF – hellbraune Tigerkätzin mit hellblauen Augen
WINDPELZ – schwarzer Kater mit bernsteinfarbenen Augen
SCHWALBENSCHWEIF – dunkelgraue Kätzin
SONNENSTRAHL – schildpattfarbene Kätzin mit weißer Blesse
EULENBART – hellbraun getigerter Kater

Älteste **SPINNENFUSS** – dunkelgrau getigerter Kater
FETZOHR – getigerter Kater

FLUSSCLAN

Anführerin **NEBELSTERN** – graue Kätzin mit blauen Augen

Zweiter Anführer **SCHILFBART** – rauchschwarzer Kater

Heilerin **MOTTENFLÜGEL** – schöne, golden gestreifte Kätzin mit bernsteinfarbenen Augen

Krieger **GRAUNEBEL**– hellgrau getigerte Kätzin
EISFLÜGEL – weiße Kätzin mit blauen Augen
FISCHFLOSSE – dunkelgraue Kätzin
KIESELFUSS – grau gescheckter Kater
MALVENNASE – hellbraun getigerter Kater
BLÜTENFELL – grau-weiße Kätzin
WIESENFELL – hellbrauner Kater

Königinnen **MOOSPELZ** – schildpattfarbene Kätzin mit blauen Augen

Älteste **TUPFENNASE** – grau getupfte Kätzin
SPRINGSCHWEIF – orangerot und weißer Kater

KATZEN AUSSERHALB DER CLANS

SOL – braun- und schildpattfarbener Kater mit langem Fell und blassgelben Augen

1. KAPITEL

DER DONNER KRACHTE lauter als alles, was Distelblatt je gehört hatte. Über ihr bröckelte und knackte es seltsam. *Der Himmel stürzt ein!* Und dann wurde Distelblatt mit voller Wucht umgeworfen und zu Boden gedrückt. *Ich kann nicht mehr atmen!* Sie scharrte panisch und riss sich dabei die Krallen aus, aber der Himmel war zu schwer und zu kalt, und so ließ sie sich von der unendlichen Schwärze davontragen.

Distelblatt stand am Rand einer Klippe. Hinter ihr gähnte die Senke wie ein hungriger Schlund. Flammen, orangerot und zischelnd, erfüllten die Luft mit Qualm und bitterer Asche. Distelblatts Wurfgefährten, Löwenglut und Häherfeder, kauerten neben ihr, sie spürte ihr Zittern an ihrem Pelz. Vor ihnen stand Aschenpelz am Ende eines Asts, über den sie durch das Feuer geführt werden sollten. Eichhornschweif hatte sich vor ihm aufgebaut, ihre Augen glühten vor Wut. Distelblatt starrte ihre Mutter an und wartete darauf, dass sie Aschenpelz aus dem Weg jagte.

»Genug, Aschenpelz«, fauchte Eichhornschweif. »Dein Zorn richtet sich gegen mich. Diese jungen Katzen haben dir nichts getan. Mach mit mir, was du willst, aber gib ihnen den Weg aus dem Feuer frei.«

Aschenpelz blickte sie überrascht an. »Du verstehst immer noch nicht. Nur so kann ich dich die gleichen Schmerzen spüren lassen, die du mir zugefügt hast. Du hast mir das Herz ausgerissen, als du Brombeerkralle vor mir den Vorzug gegeben hast. Alles, was ich dir antun würde, könnte niemals so wehtun. Aber deine Jungen ... Wenn du zusehen musst, wie sie sterben, dann wirst du wissen, wie weh du mir getan hast.«

Eichhornschweif hielt seinem Blick stand. »Töte sie doch. Damit kannst du mir nicht wehtun.« Sie entfernte sich einen Schritt von ihm, dann drehte sie sich nach ihm um. »Wenn du mir wirklich wehtun willst, musst du dir etwas Besseres ausdenken. Sie sind nicht meine Jungen.«

Der Boden unter Distelblatts Pfoten schwankte. Eichhornschweif ist nicht meine Mutter? Sie war keine Clan-Katze, sie war eine Katze ohne Gesetz. Vielleicht war sie eine Streunerin oder sogar ein Hauskätzchen. Distelblatt durfte auf keinen Fall zulassen, dass Aschenpelz den vier Clans berichtete, was Eichhornschweif gestanden hatte. Ihre Wurfgefährten und sie würden verbannt werden! Ihre Loyalität gegenüber dem Gesetz der Krieger und alles, was sie bisher für die Clans getan hatten, würden da nicht helfen.

Die Stille war betäubend, drückte mehr auf Distelblatts Ohren als die Steine, die sie auf den kalten Boden pressten. Staub verstopfte ihr Mund und Nase, und in einem Bein pochte ein stechender Schmerz. *Ich bin lebendig begraben!* Distelblatt stieß und stemmte sich verzweifelt gegen die schweren Steine. Kein einziger Lichtstrahl drang zum Tunneleingang herein. Sie war in der Finsternis gefangen.

»Hilfe! Helft mir! Ich stecke fest!«

Sie verstummte. Nach wem sollte sie rufen? Sie hatte jetzt keine Clan-Gefährten mehr. Dieses Leben hatte sie hinter sich gelassen – hinter den Felsen, so weit weg wie der Mond. Ihre Brüder und Blattsee wussten, dass sie Aschenpelz getötet hatte. Und jetzt dachten Häherfeder und Löwenglut wahrscheinlich, dass sie bei dem Einsturz umgekommen war. *Das ist vielleicht auch besser so.* So würden sie wenigstens nicht nach ihr suchen. Distelblatt schloss die Augen.

Distelblatt war Aschenpelz bis zur WindClan-Grenze gefolgt. Sie war ihm nachgeschlichen wie einem Beutestück, lautlos, mit eingezogenen Krallen, um nicht an den Brombeerranken hängen zu bleiben oder an Steinen zu kratzen. Als er das Ufer des sprudelnden Bachs erreichte, sprang Distelblatt auf seinen Rücken, drehte seinen Kopf zur Seite und grub ihre Zähne in seinen Pelz und in die Haut, wobei sie sich wieder und wieder sagte: Das ist die einzige Lösung! Aschenpelz brach zusammen, und Distelblatt sprang zurück, als er in den Bach rollte. Sie wusch sich das Blut von den Pfoten, ließ sich vom kalten Wasser die Beine kühlen, die Flanken und den ganzen Körper bis zu ihrem Herzen hinauf.

Ich hab's für meinen Clan getan!

Schaudernd verjagte Distelblatt die Bilder aus ihrem Kopf. Sie holte tief Luft, kämpfte ihre Vorderpfoten frei und stieß die schweren Steine von ihrer Brust. Dann schleppte sie sich mit letzter Kraft aus den Trümmern heraus. Als sie das eine Hinterbein bewegte, fauchte sie laut. Das Bein tat so weh, dass es gebrochen sein musste. Distelblatt dachte an den Heilerbau, wohlgefüllt mit Beinwell, womit Brüche heilten, und

Mohnsamen, die ihr helfen würden, die schlimmste Zeit zu verschlafen. *So weit weg wie der Mond,* ermahnte sie sich. Mit zusammengebissenen Zähnen zerrte sie den restlichen Körper aus dem Steinhaufen, wobei ihr verletztes Bein qualvoll am Boden aufschlug.

»Großer SternenClan, tut das weh!«, knurrte Distelblatt. Laut zu sprechen schien zu helfen, also miaute sie weiter: »Ich bin schon mal hier unten gewesen. Ich weiß, dass es andere Ausgänge gibt. Komm weiter, eine Pfote vor die andere.« Trotz ihrer Angst, trotz der Schmerzen in ihrem Bein kehrten die Erinnerungen immer wieder zurück.

»Ich bin deine Mutter, Distelblatt«, hatte Blattsee geflüstert. Distelblatt schüttelte den Kopf. Das war nicht möglich. Wie konnte sie die Tochter einer Heiler-Katze sein, wenn Heilerkatzen doch keine Jungen bekommen durften? Das war schlimmer als Streuner oder Hauskätzchen, denn ihre Geburt war ein Verstoß gegen das Gesetz der Krieger.

Distelblatt fuhr die Krallen aus, um Halt auf dem Steinboden zu finden. Bestürzt stellte sie fest, dass sie sich bei ihrem Befreiungskampf mehrere abgebrochen hatte und ihre Ballen nass und klebrig waren. Sie roch Blut und dachte an die Spur, die sie beim Kriechen im Tunnel hinterlassen würde. Wenn Löwenglut und Häherfeder an der Einsturzstelle gruben, würden sie wissen, dass sie überlebt hatte, und würden der Spur folgen, um sie zu suchen.

Plötzlich stießen ihre Vorderpfoten gegen eine Wand. Sie jaulte auf vor Schmerz und änderte die Richtung, um der Kurve zu folgen. Es war so dunkel, dass sie die Augen gar nicht aufzumachen brauchte. *Wenn ich nur ein bisschen Licht finden könnte. Wenn, wenn, wenn …*

Häherfeder hatte herausgefunden, wer ihr Vater war. »Es ist Krähenfeder.« Distelblatt hatte ihn ungläubig angestarrt. »Dann sind wir Halb-Clan?«

»Gelbzahn ist mir im Traum erschienen«, erklärte Häherfeder. »Sie sagte, es sei Zeit, dass wir die Wahrheit erführen.«

Für Distelblatt war nichts geblieben. Halb-Clan? Sie stand in der Tunnelöffnung, atmete den Geruch der Felsen ein und spürte, wie sich ihr gesträubter Pelz glättete. Hier unten konnte sie verschwinden und irgendwo weit weg von den Clans wieder auftauchen. Sie konnte ein neues Leben beginnen, ohne all die Lügen und gebrochenen Versprechen.

Distelblatt drehte sich um und rannte in den Tunnel. Sie hörte Häherfeder hinter sich rufen – dann krachte der Donner und der Himmel stürzte ein und sie wurde von der verwirrenden Schwärze verschluckt.

Distelblatt lief weiter. *Atmen, Pfote vor, Schritt, immer weiter.* Sie sehnte sich nach einer Pause, nach Schlaf, nach einem Kriegerahnen, der sie zum SternenClan mitnahm. Aber wusste der SternenClan überhaupt, dass sie hier war? Ihre Geburt war ein Verstoß gegen das Gesetz der Krieger. Sie hatte eine Katze getötet. Und sie hatte ihren Platz beim DonnerClan verlassen. Die Kriegerahnen würden sie nicht beschützen. Hatten sie zugesehen, als sie alle Clan-Geheimnisse auf der Großen Versammlung verraten hatte?

»Wartet!« Distelblatt sprang auf. »Ich habe etwas zu sagen,

das alle Clans hören sollten.« Nun war es auf der Lichtung so still, dass Distelblatt eine Maus im Laub unter der alten Eiche rascheln hörte. »Ihr denkt, ihr kennt mich«, hob sie wieder an, »und meine Brüder, Löwenglut und Häherfeder aus dem DonnerClan. Ihr denkt, ihr kennt uns, aber alles, was man euch über uns erzählt hat, war eine Lüge! Wir sind nicht Brombeerkralles und Eichhornschweifs Junge.«

»Was?« Zwischen den Wurzeln der Großen Eiche, wo die Zweiten Anführer saßen, schoss Brombeerkralle auf die Pfoten. Seine bernsteinfarbenen Augen glühten. »Eichhornschweif, warum redet sie einen solchen Unfug?«

»Es tut mir leid, Brombeerkralle, aber es stimmt. Ich bin nicht ihre Mutter und du bist nicht ihr Vater.«

Der Zweite Anführer des Clans starrte Eichhornschweif an. »Und wer ist es dann?«

Eichhornschweif richtete ihren traurigen, grünen Blick auf die Katze, von der sie immer behauptet hatte, sie wäre ihre Tochter. »Sag es ihnen, Distelblatt. Ich habe das Geheimnis so viele Blattwechsel lang bewahrt, dass ich es nun auch nicht preisgeben werde.«

»Feigling!«, funkelte Distelblatt sie an. Ihr Blick jagte über die Lichtung und sah die Augen jeder einzelnen Katze auf sich gerichtet. »Ich fürchte mich nicht vor der Wahrheit! Blattsee ist unsere Mutter, und Krähenfeder – ja, Krähenfeder aus dem WindClan – ist unser Vater.«

Schockiertes Jaulen wurde auf ihre Worte hin laut, doch Distelblatt rief darüber hinweg: »Diese beiden Katzen schämten sich so sehr für uns, dass sie uns weggaben und jeden Einzelnen von euch belogen, um zu vertuschen, dass sie gegen das Gesetz der Krieger verstoßen hatten. Es ist alles ihre

Schuld.« Dabei zeigte sie mit dem Schwanz auf Blattsee. »Wie können die Clans überleben, wenn sie voller Feiglinge und Lügner sind?«

Ihre Worte schienen von den Tunnelwänden widerzuhallen. Distelblatt wünschte, sie könnte die Große Versammlung noch einmal von vorn beginnen, die schreckliche Wahrheit zurücknehmen, die sie verkündet hatte, ihren Clan-Gefährten den Schmerz und das Entsetzen ersparen, die sie in ihren Gesichtern gesehen hatte.

Was habe ich nur getan?

Ihre Augen brannten in der undurchdringlichen Dunkelheit. Sie hatte so lange nach einem Lichtschimmer gesucht, dass sie nun glaubte, etwas Helles zu sehen. Einen kaum erkennbaren Streifen, der nicht ganz so schwarz war, so wie die erste milchige Dämmerung über den Bäumen. Distelblatt blinzelte und schüttelte den Kopf, weil sie ihren Augen nicht traute. Aber der graue Streifen war noch immer da. Vielleicht war es tatsächlich Licht? Sie humpelte schneller, ohne die Schmerzen in ihrem Bein zu beachten. Das Licht wurde heller. Es sickerte durch ein Loch in der Wand, wo ein zweiter, kleinerer Tunnel abzweigte. Distelblatt schleppte sich um den Felsen herum. Bildete sie es sich ein oder konnte sie wirklich die Wände einer Höhle erkennen, die sich vor ihr öffnete? In ihrer Aufregung versuchte sie, aufzustehen. Ihr hinteres Bein gab unter ihr nach und in ihrem Kopf explodierten Sterne. Das Letzte, was sie sah, war der Felsboden, der auf sie zu sauste.

2. KAPITEL

BLATTSEE! BLATTSEE, ich habe Durst! Distelblatts Pelz glühte. Ihre Kehle war ausgetrocknet und ihre Zunge klebte am Gaumen. Bestimmt hatte sie Fieber und lag im Heilerbau. Wo war das getränkte Moos, das Blattsee immer in erreichbarer Nähe ihrer Patienten ließ? Sie drehte den Kopf, und ihre Schnauze traf auf etwas Weiches und Nasses. Distelblatt saugte an dem Moospolster, bemüht, keinen Tropfen des kostbaren Wassers zu vergeuden. Nichts hatte je so wunderbar geschmeckt.

Plötzlich bemerkte sie, dass sie nicht allein war. Eine Katze beugte sich über sie und schob etwas unter ihr verletztes Bein. Distelblatt fauchte vor Schmerz und die Katze entschuldigte sich leise. »Das sind bloß Federn, damit du es bequemer hast. Jetzt bleib still liegen.«

Distelblatt erstarrte. Sie kannte weder Stimme noch Geruch dieser Katze. »Wer bist du? Wo bin ich?«

Eine kleine, kühle Pfote berührte sie an der Schulter und drückte sie sacht wieder nach unten. Intensiv duftende Blätter wurden ihr dicht vor die Schnauze geschoben. »Still, ist schon gut. Du bist in Sicherheit. Iss das und schlaf dann weiter.«

Distelblatt ließ sich zu Boden drücken, dann schluckte sie die Kräuter – ihre Nase verriet ihr, dass es Beinwell war – und zwei winzige Mohnsamen. Die Federn waren weich und warm unter ihrem verletzten Bein. Mit einem leisen Seufzer schloss Distelblatt die Augen und der Schlaf trug sie noch einmal davon.

Als sie wieder erwachte, fühlte sich ihr Kopf klarer an und in ihrem Bein spürte sie nur noch ein dumpfes Ziehen. Distelblatt blieb einen Moment lang still liegen, bis sich ihre Augen an die fast undurchdringliche Dunkelheit gewöhnt hatten. Im Heilerbau des DonnerClans war sie jedenfalls nicht. Sie lag auf einem dünnen Lager aus Federn auf kaltem Stein. *Ich bin immer noch in den Tunneln!* Im ersten Moment war Distelblatt erleichtert, dann erschrak sie. Wer war hier unten bei ihr? Distelblatt versuchte, sich an den Geruch der Katze zu erinnern, die ihr gesagt hatte, sie solle weiterschlafen, aber ihr Magen knurrte, und plötzlich konnte sie nur noch daran denken, wie hungrig sie war. Wann hatte sie zuletzt etwas gegessen? Sie versuchte aufzustehen, aber ihr Hinterbein knickte ein und sie fiel frustriert auf die Seite.

»Du bist ja wach!« Ein Gesicht tauchte undeutlich in den Schatten auf. »Wie geht's deinem Bein?«

Distelblatt riss die Augen weit auf, bis sie den rot-weiß gefleckten Pelz des Katers erkennen konnte. Er roch nach Fels und Wasser und Moos. »Wer bist du?«, fragte sie mit heiserer Stimme, denn sie hatte sie schon lange nicht mehr benutzt.

Die Katze antwortete nicht. Stattdessen schob sie ihr mit einer Pfote etwas zu. »Du hast bestimmt Hunger. Hier, iss.«

Frischbeute! Distelblatt reckte den Kopf und wollte sich daraufstürzen, zuckte dann jedoch zurück. Ein kleiner, glitschiger Fisch lag vor ihr. »Ich mag keinen Fisch«, miaute sie.

Die Katze zuckte mit den Ohren. »Hier unten hat man

nicht immer eine Wahl.« Die fremde Stimme klang nachsichtig, aber Distelblatt schämte sich trotzdem. Ihr Magen knurrte noch einmal laut und schien sich über alles zu freuen, selbst wenn es Krähenfraß gewesen wäre. Distelblatt hielt die Luft an und biss in den Fisch. *Fette, aromatische Maus,* redete sie sich ein. *Eichhörnchen mit Kiefernaroma.*

Sie schluckte den letzten Bissen hinunter und trank Wasser aus dem Moospolster. Der rot-weiße Kater beobachtete sie erwartungsvoll. »Vielen Dank«, miaute Distelblatt. »Hat … hat eigentlich gar nicht so schlecht geschmeckt.«

Der Kater musterte sie immer noch. »Du bist Distelpfote, nicht wahr?«

Sie blinzelte. »Distelblatt, um genau zu sein. Woher weißt du das? Hab ich dich schon mal gesehen?«

Die Katze schüttelte den Kopf und senkte traurig den Blick. »Nein, du kennst mich nicht. Aber ich habe dich und deine Wurfgefährten gesehen, als ihr die Jungen gerettet habt, kurz bevor der Fluss über die Ufer getreten ist.«

Distelblatt starrte ihn an. Nie würde sie die verzweifelte Suche mit Häherfeder und Löwenglut nach den verschwundenen WindClan-Jungen vergessen. Sie waren aus den Tunneln in den See gespült worden, als der Fluss die Tunnel überflutet hatte. Dabei hatten sie alle viel Glück gehabt. Und jetzt erzählte ihr diese Katze, dass sie dabei gewesen war!

»Wer bist du?«, miaute sie.

Der rot-weiße Kater beschäftigte sich mit den Federn unter ihrem Bein, rückte sie zurecht, um sie gleichmäßig zu verteilen. »Ich heiße Fallendes Blatt«, miaute er leise.

»Du bist keine Clan-Katze, oder?«, fragte Distelblatt weiter. »Wo wohnst du?«

Fallendes Blatt tappte zu einem kleinen Kräuterbündel und zerteilte es. »Ich habe früher in den Bergen über dem See gewohnt, aber das ist jetzt nicht mehr mein Zuhause.« Er drehte sich um und schob Distelblatt einen Teil der Kräuter zu. »Iss diesen Beinwell, dann heilt dein Bein schneller. Mehr Mohnsamen gebe ich dir nur, wenn du nicht schlafen kannst.«

Distelblatt kaute gehorsam die aromatischen Kräuter. »Warst du eine Heilerkatze?«, fragte sie.

Fallendes Blatt legte den Kopf schief. »Ich weiß nicht, was das ist. Bei uns lernt jede Katze, welche Kräuter bei Verletzungen gut sind, damit wir uns gegenseitig helfen können. Ist es das, was du meinst?«

»So ungefähr.« Distelblatt setzte sich auf, ihr Herz schlug schneller. »Bei welchen Katzen hast du gelebt? Seid ihr ein Clan?« Gab es noch eine Katzengruppe in der Nähe, eine, von der die Clans nichts wussten?

»Genug gefragt«, erklärte Fallendes Blatt entschieden. »Du musst dich ausruhen. Dein Bein ist nicht gebrochen, nur gezerrt. Du wirst bald wieder gesund sein und dann willst du wahrscheinlich zu deinen Freunden zurückkehren.«

»Nein!«, jammerte Distelblatt. »Ich kann nicht zurück! Nie wieder!«

Fallendes Blatt verzog keine Miene. »Das ist deine Sache. Leg dich hin und hör auf zu zappeln. Ich bringe dir später etwas zu essen.« Er sammelte die Fischreste ein und lief davon.

Distelblatt spähte hinter ihm her, bis ihn die Schatten geschluckt hatten. Die Wände des Tunnels wirkten heller, als würde mehr Licht eindringen. Als sie gesprochen hatte, hatte sie das Echo ihrer Stimme aus weiter Ferne gehört, was bedeutete, dass ihr erster Eindruck richtig gewesen war und sie im

Eingang einer Höhle lag. Sie hörte kein Wasser rauschen, die Höhle mit dem Fluss war es also nicht. Distelblatt legte ihr Kinn auf die Pfoten und schloss die Augen. Sie hatte sich verlaufen und war verletzt, war aber irgendwie von einer Katze gefunden worden, die sie mit Nahrung und Wasser versorgte und ihr Kräuter für ihr Bein gab. Hatte der SternenClan die Katze geschickt? Oder hatte sie einfach nur sehr, sehr viel Glück gehabt? Wie dem auch sei, sie ging davon aus, dass sie in Sicherheit war, vorerst jedenfalls.

Als sie aus ihrem Dämmerschlaf erwachte, fand sie wieder einen kleinen Fisch neben sich, dazu frisch getränktes Moos und noch mehr Beinwell. Die Höhlenwände waren kaum noch zu erkennen, was bedeutete, dass es draußen dunkler geworden sein musste. War es Nacht? Distelblatt fragte sich, wie viele Sonnenaufgänge sie schon hier unten war. Es war Vollmond gewesen, als sie ... gegangen war. Vielleicht konnte ihr Fallendes Blatt sagen, wie der Mond jetzt stand. Nachdem sie den Fisch gegessen und anschließend den Geschmack mit Beinwell überdeckt hatte, versuchte Distelblatt, wach zu bleiben, in der Hoffnung, dass Fallendes Blatt zurückkehren würde. In der Höhle wurde es immer dunkler, bis sie gar nichts mehr sah. Distelblatt gab das Warten auf ihren seltsamen Gefährten auf. Er würde am Morgen wiederkommen, ganz bestimmt.

Diesmal war sie wach und hatte sich aufgesetzt, um ihre Brust zu putzen, als Fallendes Blatt eintraf. Was er bei sich trug, sah dicker und fluffiger aus als ein Fisch. Distelblatt unterbrach ihre Wäsche. »He! Du hast eine Maus gefangen!«

Fallendes Blatt legte die Frischbeute vor ihren Pfoten ab.

Sein Triumph war ihm anzusehen. »Ich hab sie durch einen Tunnel krabbeln gehört«, erklärte er. »Ich hoffe, dass sie dir schmeckt.«

»Und wie!«, miaute Distelblatt. »Danke!« Sie beugte sich vor und nahm einen Bissen, dann blickte sie auf. »Es ist genug da. Möchtest du mitessen?«

Fallendes Blatt schüttelte den Kopf. »Nein, das ist alles für dich.« Während Distelblatt ihre Beute verzehrte, untersuchte er vorsichtig ihr verletztes Bein. »Meinst du, es wird besser?«

Distelblatt nickte mit vollem Mund. »Eindeutig«, nuschelte sie. »Ich kann es jetzt beugen, und wenn ich mich bewege, tut es nicht mehr so weh.«

»Nach dem Essen kannst du versuchen, ein bisschen zu laufen«, entschied Fallendes Blatt. »Nicht allzu weit, aber du musst anfangen zu trainieren, bevor die Muskeln abbauen.«

Distelblatt zuckte überrascht mit den Ohren. Fallendes Blatt hörte sich ganz wie eine Heilerkatze an. Er *muss* von einem Clan kommen! Oder von einer ganz ähnlichen Katzengruppe – wie dem Stamm des eilenden Wassers. Sie schluckte und miaute: »Bist du eine Stammeskatze? Kommst du aus den Bergen?«

Fallendes Blatt starrte sie ausdruckslos an. »Ich bin jetzt hier zu Hause«, antwortete er. »Einen anderen Ort gibt es nicht.«

Distelblatt erschauderte, als wäre ihr eine kalte Kralle über den Rücken gefahren. Da war etwas in seiner Stimme, wodurch sie sich einsamer und verzweifelter fühlte als je zuvor. Sie richtete sich auf. »Wie weit soll ich laufen?«, fragte sie.

»Übernimm dich nicht«, mahnte Fallendes Blatt. »Nur ein paar Schritte für heute, mehr nicht.«

Distelblatt stemmte sich mit den Vorderpfoten hoch. Ein stechender Schmerz schoss durch ihr verletztes Bein, aber sie holte tief Luft und ließ die Pfote am Boden. Zögernd machte sie den ersten Schritt. Ihr Hinterbein gab nicht nach, aber es fühlte sich schwach an und schien irgendwie nicht so ganz zu ihr zu gehören. Distelblatt humpelte in die Richtung, aus der das Licht kam. Die Wände des Tunnels öffneten sich zu beiden Seiten zu einer kleinen Höhle, etwa sechs Fuchslängen breit. Über einem kleinen Loch in der Decke war es gleißend hell, so hell, dass Distelblatt die Augen zukneifen musste.

»Heute scheint die Sonne«, bemerkte Fallendes Blatt, der zu ihr getreten war.

Distelblatt wandte sich ihm zu. »Gehst du nie nach draußen? Wie kannst du nur die ganze Zeit hier leben?«

Fallendes Blatt sah weg. »Ich bin hier zu Hause«, wiederholte er. »Also, schaffst du jetzt den Rückweg zu deinem Nest?«

Distelblatt lief durch den Tunnel zurück, enttäuscht, weil sie nicht weiter gekommen war. Aber als sie den Federhaufen erreichte, schmerzte ihr Bein doch sehr und sie sank erleichtert auf ihr Lager. »Du kannst es morgen wieder versuchen«, miaute Fallendes Blatt, dem ihre Schmerzen offensichtlich nicht entgangen waren. »Jetzt ruh dich aus.«

Er wandte sich zum Gehen, aber Distelblatt streckte eine Pfote nach ihm aus. »Warte! Ich will nicht mehr allein sein. Kannst du nicht bleiben und dich mit mir unterhalten?«

Fallendes Blatt sah sie mit seinen ernsten, grünen Augen an. »Ruh dich aus«, miaute er. »Dann heilt dein Bein schneller. Ich komme später wieder.«

Er tappte davon und Distelblatt ließ sich in die Federn

sinken. Sie wollte unbedingt, dass ihr Bein schnell heilte. Sie hatte den DonnerClan verlassen wollen, aber ein Leben in der Finsternis, bei dem sie von einer fremden Katze mit Nahrung und Wasser versorgt werden musste, das hatte sie sich nicht vorgestellt.

3. KAPITEL

DER SCHMALE SONNENSTRAHL wärmte Distelblatt den Pelz, während sie auf allen vier Pfoten in der Höhle hin und her tappte. »Siehst du?«, rief sie Fallendes Blatt zu, der beim Eingang saß. »So gut wie neu!«

Mehrere Blattwechsel schienen vergangen, bis Distelblatt so weit war, dass sie die Höhle ganz durchqueren konnte, ohne zu hinken, aber Fallendes Blatt versicherte ihr, dass der Mond immer noch nicht wieder voll war. Er hatte darauf bestanden, dass sie für ihre Übungen in der Höhle blieb und im Kreis lief, bis ihr schwindelig wurde. Er ließ sie immer noch tagsüber und meistens auch nachts allein, aber Distelblatt wollte die Tunnel nicht ohne ihn erkunden. Sie hatte einmal Glück gehabt und durfte sich nicht darauf verlassen, dass Fallendes Blatt sie ein zweites Mal finden würde.

Fallendes Blatt kam näher und beschnupperte ihr Bein. »Wenn es stimmt, was du sagst, und du wirklich keine Schmerzen mehr hast, muss es geheilt sein.«

»Ich lüge doch nicht!«, protestierte Distelblatt. Wie konnte er ihr so etwas unterstellen? Es war wichtig, immer die Wahrheit zu sagen, unbedingt. *Aber als ich auf der Großen Versammlung die Geheimnisse meines Clans verkündet habe, hat es sich keineswegs so angefühlt.*

Distelblatt verbannte das Bild von Eichhornschweifs entsetztem Gesicht aus ihren Gedanken. »Zeigst du mir jetzt die Tunnel?«, fragte sie.

Fallendes Blatt zeichnete mit der Pfote eine Linie in den Steinstaub. »Du willst doch nur, dass ich dir zeige, wie du nach draußen kommst.«

»Nein!«, rief Distelblatt. »Ich will, dass du mich in deinem Zuhause herumführst. Wo ist die Höhle mit dem Fluss? Wie weit reichen die Tunnel?«

Der rot-weiße Kater sah sie überrascht an. »Das willst du wirklich wissen? Die meisten Katzen wollen so schnell wie möglich hier raus.«

Da lag so viel Schmerz in seinen Augen, dass Distelblatt mit ihm fühlte. »Ich kann sonst nirgendwohin«, miaute sie leise. »Fallendes Blatt, du warst mir ein guter Freund. Warum sollte ich dich jetzt verlassen wollen?«

Der Kater führte Distelblatt zu einem schmalen Tunnel am anderen Ende der Höhle, in dem so tiefe Finsternis herrschte, dass die Schwärze wie Wasser durch ihren Pelz zu sickern schien. Der Boden unter ihren Pfoten fühlte sich glatt und kalt an, und die Tunnelwände zu beiden Seiten nahm sie erst wahr, als ihre Schnurrhaare sie berührten. Anfangs reagierte sie dann so heftig, dass sie sich an der gegenüberliegenden Wand stieß, aber sie lernte schnell, ihren Kopf nur ganz wenig zu bewegen, wenn ihre Schnurrhaare kitzelten.

»Der Tunnel wird gleich breiter«, rief ihr Fallendes Blatt über die Schulter zu. Er musste gehört haben, wie sie von einer Seite zur anderen stolperte.

Inzwischen konnte Distelblatt die Umrisse ihres Gefährten

vor einem helleren Grau erkennen. Wassergeräusche hallten auf sie zu, kein Rauschen, eher ein leises, fließendes Gemurmel, was nur vom unterirdischen Fluss kommen konnte. Distelblatt lief los, quetschte sich an Fallendes Blatt vorbei und erreichte eine riesige Höhle. Hier herrschte Dämmerlicht, und das war für Distelblatt, die so lange in der Finsternis eingesperrt gewesen war, so vertraut und einladend wie ihr Bau im Felsenkessel. Vor ihr lag der Fluss, gezähmt und ruhig zwischen den flachen Steinufern, und da war das Sims oben in der Wand, von dem Löwenglut voller Stolz erzählt hatte, dass er dort hinaufgeklettert sei.

»Dein Bruder und die Kätzin haben immer da oben gespielt«, bemerkte Fallendes Blatt, der an ihre Seite getreten war.

Er meint Löwenglut und Heideschweif. Distelblatt spürte einen unangenehmen Stich. Kannte Fallendes Blatt vielleicht nur Clan-Katzen, die sich versteckten, um gegen das Gesetz der Krieger zu verstoßen? Um das Thema zu wechseln, deutete sie mit einem Kopfnicken auf einen Tunnel am anderen Ufer des Flusses. »Der führt doch nach draußen, oder?« Ein seltsamer Gedanke, dass sie nur einen kurzen Weg laufen müsste, um wieder im Herzen des DonnerClans aufzutauchen.

»Früher war das so«, miaute Fallendes Blatt, »aber jetzt ist der Ausgang verschüttet. Erinnerst du dich an den Tunnel da drüben? Da habt ihr die Jungen gefunden.«

Distelblatt betrachtete den gähnend schwarzen Schlund gleich neben dem Flussufer. Schaudernd erinnerte sie sich an die verzweifelte Suche nach den WindClan-Katzen, während weit über ihnen Kurzstern und Feuerstern wegen ihres Verschwindens beinahe einen Krieg entfacht hätten.

»Die Tunnel sind gar nicht so unheimlich, wenn du dich einmal an sie gewöhnt hast«, versicherte ihr Fallendes Blatt. »Ich zeige dir alles, aber erst solltest du essen.« Er tappte zum Wasserrand und verharrte eine Weile, den Blick starr auf das vorbeifließende, schwarze Wasser gerichtet. Plötzlich schoss seine Vorderpfote vor und schöpfte einen zappelnden silbernen Fisch aus dem Fluss. Er zuckte weiter, bis ihn Fallendes Blatt mit einem gezielten Schlag tötete. »Hier«, miaute er und schob ihn Distelblatt zu.

»Also … willst du nicht auch etwas essen?«, schlug Distelblatt vor, die bei der Aussicht auf eine weitere Fischmahlzeit zögerte. Fallendes Blatt schüttelte den Kopf. »Der hier ist für dich. Iss ihn auf, dann können wir weitergehen.«

Distelblatt würgte den Fisch hinunter, doch diesmal schmeckte er gar nicht so schlecht. Und als sie vom Fluss trank, fand sie den kühlen, klaren Geschmack erfrischend. Fallendes Blatt wartete am Eingang zum dunkelsten Tunnel auf sie. Er winkte ihr mit dem Schwanz zu. Distelblatt warf noch einen letzten Blick auf die schwach beleuchtete Höhle, dann folgte sie ihm und tauchte in die Schwärze hinein.

Weiter vorn konnte sie seine Pfotenschritte unbeirrt über den Steinboden tappen hören. »Es wird gleich heller«, rief Fallendes Blatt hinter sich. Distelblatt trabte los, froh, sich ein bisschen aufwärmen zu können. Plötzlich berührte ihre Nase etwas Weiches, und sie verlangsamte ihr Tempo, um Fallendes Blatt nicht von hinten anzurempeln. Sie schnupperte, versuchte, sich seinen Geruch zu merken, aber sie roch nichts außer kaltem, feuchtem Fels. Lebte Fallendes Blatt schon so lange in den Tunneln, dass er den Geruch seiner Umgebung angenommen hatte?

Fallendes Blatt lief schneller, und Distelblatt musste rennen, um mitzukommen. Die Tunnelwände tauchten aus den Schatten auf und nun konnte sie die Umrisse der Katze wieder vor sich sehen. Distelblatt wusste nicht, wo das Licht herkam, und diesmal senkte sie nicht automatisch den Blick, um zu prüfen, wohin sie ihre Pfoten setzte. Sie wusste, dass der Boden hier glatt und eben war – bisher war sie nirgendwo über loses Geröll gestolpert und scharfkantige Kuhlen hatte es auch nicht gegeben.

Fallendes Blatt drehte sich nach ihr um, seine Augen leuchteten im Halbdunkel. »Einverstanden, wenn's ein bisschen schneller geht?«, miaute er. Seine Stimme hatte einen herausfordernden Unterton.

»Na klar!«, antwortete Distelblatt. Ihr verletztes Bein tat überhaupt nicht mehr weh, und sie wollte ihre Muskeln trainieren, die sie so wenig benutzt hatte.

Sie hatte kaum Luft geholt, da war Fallendes Blatt schon losgerannt. Im nächsten Moment war sein rot-weißer Pelz verschluckt von den Schatten, die das schwache Licht nicht erreichten. Diesmal zögerte Distelblatt nicht, ihm zu folgen. Ihre vor Anstrengung zitternden Schnurrhaare ertasteten die Wände zu beiden Seiten. Sie legte möglichst wenig Gewicht auf ihre Pfoten, um die Unebenheiten im Tunnelboden auszugleichen, der allmählich immer steiler abwärtsführte. Distelblatt verlagerte ihr Gewicht nach hinten, sodass ihre Vorderpfoten kaum mehr zu tun hatten, als die Richtung anzugeben und dafür zu sorgen, dass sie auf den Hinterläufen nicht die Balance verlor. Nach einer Weile meldeten sich die Schmerzen in ihrem Hinterbein, aber dann wurde der Tunnel ebener und Distelblatt konnte wieder mühelos lospreschen. Weiter vorn hörte sie Fallendes Blatt und konnte allmählich am Getrappel seiner Pfoten erkennen, wann er um eine Kurve bog oder leicht bergauf lief.

Als sie in einer kleinen Höhle auftauchten, in die durch einen Riss in der Decke das Sonnenlicht hereinströmte, war Distelblatt beinahe enttäuscht, dass ihre Verfolgungsjagd schon zu Ende war. Keuchend legten die Katzen eine Pause ein.

»Das hat Spaß gemacht!«, schnaufte Distelblatt.

»Du warst ganz schön schnell!«, schnurrte Fallendes Blatt voller Bewunderung.

»Danke!« Distelblatt blickte sich um. »Wo sind wir jetzt? Weißt du, was über uns ist?«

»Wir sind auf der anderen Seite der Hügel angekommen«, erklärte Fallendes Blatt. »Der Tunnel da drüben« – er deutete mit dem Kopf auf einen Spalt in der Wand – »führt nach draußen, wenn du bei der Gabelung dem Waldgeruch folgst.«

Distelblatt legte den Kopf zurück und starrte zur Decke hoch. Steinspitzen hingen herab, um die sich feine Linien ringelten. An jeder Spitze hing ein Wassertropfen. Wenn das Territorium über ihnen wirklich jenseits der Clan-Grenzen lag, würde sie es nicht kennen. Aber bei der Vorstellung, dass der Boden unter ihren Pfoten schon immer von so vielen Tunneln durchzogen war, wurde ihr unheimlich.

»Lass uns umkehren«, miaute Fallendes Blatt. »Du musst dein Bein noch schonen. Komm mit, wir nehmen jetzt einen anderen Weg.«

Bevor Distelblatt protestieren konnte, ihr Bein sei doch in Ordnung, war er in einem Seitentunnel verschwunden. »Warte auf mich!«, miaute Distelblatt mit gespielter Entrüstung. Sie raste in die Dunkelheit und reckte den Hals, bis sie mit der Schnauze seinen kalten Pelz anrempelte. »Hab ich dich!«, neckte sie ihn.

Fallendes Blatt schnurrte vor Vergnügen. »Freu dich nicht zu früh!« Er beschleunigte seine Schritte und zog davon.

Distelblatt machte einen Satz, blieb an einem Stein hängen und strauchelte. Sie hielt inne, um das Gleichgewicht wiederzufinden, und lauschte. Seine Pfotenschritte waren weit entfernt und nur schwach zu hören. Distelblatt lief los, stieß aber sofort gegen eine Wand, weil sie nur auf seine Pfotenschritte geachtet hatte. Sie blieb stehen und schüttelte den Kopf. *Konzentrier dich!* Sie wischte sich mit einer Pfote über die Schnurrhaare und trabte den Tunnel entlang. Sie konnte Fallendes Blatt ganz deutlich vor sich hören. Ein Windhauch verriet, dass ein Seitentunnel abzweigte. Distelblatt drehte instinktiv den Kopf, um hineinzusehen, aber es war so dunkel, dass sie nichts erkennen konnte. Obwohl ihr Puls schnell schlug, hielt sie die Nase witternd in den Eingang des Seitentunnels. Da war keine Spur von Wärme oder Fell, kein Zeichen, dass Fallendes Blatt hier hineingelaufen war. *Dann war er also im Haupttunnel geblieben?* Distelblatt spitzte die Ohren. Um sie herum herrschte drückende Stille, die unerbittlich wie Wasser in ihre Ohren drang. Zögernd ging sie ein paar Schritte vorwärts und erschrak, als sie ganz leise Pfoten tappen hörte. Sie blieb stehen und lauschte. Das Geräusch war verschwunden. Distelblatt senkte den Blick auf ihre eigenen Pfoten, obwohl sie die gar nicht sehen konnte. *Mäusehirn!* Sie hatte das Echo ihrer eigenen Schritte gehört. Sie war ganz allein in der Finsternis.

Beinahe hätte sie laut aufgejault, aber sie schluckte, um es zu verhindern. Ihr Pelz stand zu Berge und ihre Pfoten begannen zu zittern. Fallendes Blatt musste doch merken, dass sie nicht mehr hinter ihm war? Oder nahm er einfach an, dass sie einen anderen Weg zurück gefunden hatte? Dabei war sie immer nur hinter ihm hergerannt. Distelblatt ging einen Schritt weiter und stieß mit dem Kopf gegen harten Fels. Taumelnd sprang sie zur Seite und schlug mit der Schulter an die gegenüberliegende Wand. War der Tunnel enger geworden? Kamen die Wände näher, um sie allmählich zu zerquetschen?

»Distelblatt!«, flüsterte jemand so leise neben ihr, dass sie fast in Ohnmacht gefallen wäre. »Alles in Ordnung?«, fragte Fallendes Blatt und trat näher, bis er mit der Schnauze ihre Ohren berührte. »Was ist passiert?«

»Ich wusste nicht mehr, wo du bist!«, jammerte Distelblatt. »Es war so dunkel, und ich glaubte, dich zu hören, dabei waren es nur meine eigenen Pfotenschritte! Dann bin ich immer gegen die Wände gelaufen und dachte, du hättest mich alleingelassen!«

»Das werde ich niemals tun, das verspreche ich«, flüsterte ihr Fallendes Blatt ins Ohr. »Ich bleibe bei dir und deshalb wirst du hier unten niemals allein sein. Komm jetzt, ich bringe dich zurück.«

Mit dem Kopf dicht neben ihrem führte er Distelblatt durch den Tunnel und verlangsamte seine Schritte, als er bemerkte, dass sie hinkte. Sie erreichten die Höhle, wateten durch den Fluss und kehrten in den Tunnel mit Distelblatts Nest zurück. Sie ließ sich, dankbar für die Wärme unter ihrem ausgekühlten Pelz, in die Federn sinken. Ihr Bein pochte und Fallendes Blatt schob ihr ein paar Mohnsamen hin.

»Iss das – dann kannst du besser schlafen«, drängte er. Er wandte sich zum Gehen, aber Distelblatt hob den Kopf.

»Würdest du … würdest du heute Nacht hierbleiben?«, miaute sie. »Ich will nicht wieder im Dunkeln allein sein. Wenn ich ein Stück zur Seite rücke, hast du Platz in meinem Nest.«

Fallendes Blatt zögerte, dann trat er in den Kreis aus Federn. »Gut, aber nur für eine Nacht«, miaute er. Er rollte sich etwas ungeschickt neben ihr zusammen, und Distelblatt rückte noch ein Stück zur Seite, um ihm mehr Platz zu machen. Die Mohnsamen wirkten bereits und ihre Augenlider wurden schwer. Sie streckte sich, bis sie Fallendes Blatt mit dem Rücken an der Flanke berührte. Für einen Moment war es wie früher im Felsenkessel, wo sie ihr Nest mit Rußherz geteilt hatte. Distelblatt seufzte tief und ließ sich in den Schlaf sinken. Aber kurz bevor die wohltuende Schwärze ihre Gedanken erfüllte, zuckte sie zusammen. *Warum ist mir so kalt?* Fallendes Blatt gab mit seinem Pelz überhaupt keine Wärme an sie ab. War er vom Leben unter der Erde so völlig ausgekühlt?

4. KAPITEL

HE! AUFWACHEN! Zeit für die Morgenpatrouille!«

Distelblatt rollte herum und rieb sich mit einer Pfote die Augen. Fallendes Blatt hatte den Schwanz hoch über den Rücken geringelt und blickte auf sie herab.

»Komm schon, Schlafschnecke!«, spottete er.

Distelblatt rappelte sich auf. Sie hatte geträumt, sie wäre wieder beim DonnerClan und würde ein Eichhörnchen jagen, das immer kleiner wurde, je näher sie ihm kam. Im letzten Moment, als sie gerade zuschlagen wollte, war das Eichhörnchen dann ganz verschwunden.

Sie spähte an Fallendes Blatt vorbei ins blassgelbe Licht, das in den Tunnel schien. Der Winkel, in dem der Lichtstrahl von der Decke auf den Boden fiel, war heute kleiner, was bedeutete, dass die Sonne tiefer am Himmel stand. Distelblatt legte den Kopf schief. Sie war jetzt seit … wie vielen Monden hier? Mindestens drei oder vier. Bestimmt schlich draußen bereits der Blattfall durch die Wälder. Distelblatt fragte sich, ob es dann in den Tunneln kälter werden würde. Sie betastete ihr Nest mit der Pfote. Sie musste mehr Federn suchen.

Fallendes Blatt trabte davon. »Ich übernehme heute den Moortunnel«, rief er ihr über die Schulter zu. »Und du kannst den Waldtunnel kontrollieren.«

Er hatte den beiden Haupttunneln, die ins DonnerClan-Territorium führten, Namen gegeben. Sie betraten die Tunnel jedoch nie. Distelblatt sprach es zwar nicht aus, aber sie wusste, dass Fallendes Blatt versuchte, sie von ihrem früheren Zuhause abzulenken. Sie hatte beschlossen, bei ihm zu bleiben, also wollte sie es wohl auch, oder? Als sie ihm vom Alltagsleben bei den Clans mit den Grenz- und Jagdpatrouillen und den Schüler- und Kriegerzeremonien erzählte, hatte er vorgeschlagen, hier auch so etwas einzuführen. Jetzt begann jeder Tag mit einer Patrouille der Tunnelausgänge – wobei sie nie etwas anderes als leere Steinwege fanden –, anschließend fischten sie im unterirdischen Fluss. Distelblatt hatte gelernt, fast so elegant wie Fallendes Blatt mit der Pfote Fische abzuschöpfen, und hatte sich an den strengen Geschmack gewöhnt. Sie konnte inzwischen gefahrlos durch die Dunkelheit rennen, entdeckte jeden noch so schwachen Windhauch und erkannte am leisesten Echo des rauschenden Wassers, wo sie war. Wenn sie in einem Ausgangstunnel patrouillierte, lief sie immer nur bis zur Grenze des Lichts, das durch die Öffnung strömte, dann blieb sie stehen, als fürchtete sie, sich die Pfoten zu verbrennen. Sie war jetzt ein Schattenwesen geworden, mied das Tageslicht und das Rauschen des Windes in den Bäumen.

Distelblatt zitterte. Sie hatte Schutz, Nahrung und Gesellschaft. War das denn nicht mehr, als sie verdiente, nach allem, was sie getan hatte? Fallendes Blatt war längst nicht so anspruchsvoll wie ihre ehemaligen Clan-Gefährten, überließ ihr stets alle Fische, die sie gemeinsam fingen, und blieb nie so lange bei ihr, dass sie seiner Gesellschaft überdrüssig wurde. Genau genommen ließ er sie oft allein, vor allem nachts. Distelblatt fragte sich, wo er schlief. Sie glaubte inzwischen alle Tunnel erkundet zu haben, aber sie hatte nirgends Anzeichen eines zweiten Nestes entdeckt.

»Komm endlich!«, hallte die Stimme ihres Freundes durch den Tunnel und Distelblatt rannte los. In der Flusshöhle hatte sie ihn eingeholt und sie blieben Seite an Seite stehen und blickten ins Wasser hinab. Es floss heute schneller als sonst, kleine Wellen schwappten über den Rand der Steinrinne.

»Es hat gestern Nacht geregnet«, erklärte Fallendes Blatt.

Distelblatts Puls schlug schneller. »Wird der Fluss überfluten?«

Fallendes Blatt schüttelte den Kopf. »Noch nicht.« Er lief in eine Ecke und kehrte mit einem großen, flachen Stein zurück, den er mit der Schnauze vor sich her schob bis zu dem nassen Streifen, den die aufschlagenden Wellen hinterließen. »Das ist unsere Markierung, dann sehen wir, ob das Wasser weiter steigt.«

Distelblatt strich mit der Pfote über den Stein. Er fühlte sich glatt an, wie ein Ei. »Das ist eine gute Idee«, lobte sie.

»Die Scharfkrallen haben mir das gezeigt«, miaute Fallendes Blatt, »bevor ich für meine Prüfung hier runterkam.«

Distelblatt sah ihn eindringlich an. Fallendes Blatt hatte nur einmal erwähnt, dass er sich in den Tunneln verlaufen hatte, vor langer Zeit beim Training für die Ernennung zur Scharfkralle, was anscheinend so etwas Ähnliches war wie ein Krieger bei den Clans. Mehr hatte er ihr nicht von seinem Clan oder Stamm, oder wie immer sich seine Gefährten nannten, erzählen wollen.

»Wenn du jetzt zurückkehren würdest«, miaute sie leise, »wärst du die großartigste Scharfkralle, die es je gegeben hat.

Damals hast du dich verlaufen, aber jetzt kennst du die Tunnel besser als jede andere Katze! Wenn es darum ging, die Tunnel zu erkunden, um zu beweisen, wie stark, tapfer und selbstständig du bist, dann hast du genau das erreicht! Du wärst ein Held!«

Fallendes Blatt starrte sie an, als hätte sie den Verstand verloren. »Zurückkehren?«, fauchte er. »Ich kann nicht zurück! Verstehst du das denn nicht? Es ist zu spät!« Bebend vor Schmerz wirbelte er herum und schoss in den Tunnel, den sie Moortunnel nannten und der zum WindClan führte.

»Warte!«, rief Distelblatt und rannte hinter ihm her. Aber dann blieb sie am Ende der Flusshöhle stehen. Sie konnte nichts für Fallendes Blatt tun, außer weiter Fragen zu stellen, und damit würde sie ihn nur noch mehr aufregen. Plötzlich kam ihr der Gedanke, dass sie vielleicht nicht die Einzige war, die vor einem schrecklichen Geheimnis floh. Sie hatte Fallendes Blatt nie erzählt, was mit Aschenpelz passiert war. Möglicherweise hatten sie und ihr neuer Gefährte mehr gemeinsam, als ihr bewusst war.

Sie kehrte um und tappte durch die Höhle zurück. Der Eingang zum Waldtunnel war am anderen Ufer des Flusses, und heute musste sie viel weiter springen, um die Rinne zu überqueren. Distelblatt jaulte auf, als sie mit den Hinterpfoten im Wasser landete und eiskalte Wassertropfen an ihren Bauch spritzten. Im Tunnel angekommen, rannte sie los, um sich aufzuwärmen.

Die rauen, grauen Wände wurden sichtbar, als sie sich dem Ausgang näherte. Der Wind blies direkt in den Tunnel, der Geruch nach trockenem Laub und sprödem Gras strömte Distelblatt in Mund und Nase. Sie tappte weiter, bis sie mit den

Pfoten im Licht stand, hob eine Pfote und betrachtete sie überrascht. Sie war blass und hart, nachdem sie mondelang über Stein gelaufen war. Plötzlich sehnte sich Distelblatt nach weichem, grünem Gras unter den Pfoten und wollte über ihrem Kopf den weiten, hellen Himmel sehen. Wie ein Zweig, der im Fluss davongetragen wurde, fühlte sie sich zum Tunnelausgang hingezogen. *Hinaus!*

Es wurde heller und Distelblatt kniff die Augen zusammen. Es schien keine Sonne, das Licht war kühl und grau, aber heller als alles, was sie seit Langem gesehen hatte. Der Tunnelausgang war ein blendend weißer Kreis, zu schmerzhaft, um direkt hineinzusehen. Plötzlich knackte es hinter der Helligkeit, Äste brachen unter schweren Pfoten. Es folgte Gebell, dazu schrilles Jaulen. Distelblatt zuckte zusammen, als der Lärm in ihre Ohren drang; sie war an die tiefe Stille in den Tunneln gewöhnt. Schnell wich sie zur Felswand zurück, so erschrocken war sie, dass sie nicht entscheiden konnte, in welche Richtung sie laufen sollte. Pfotenschritte donnerten zum Eingang und eine dunkle Gestalt brach durch das Licht. Im selben Moment stach Distelblatt ein übler Gestank in die Nase. *Fuchs!*

Voller Angst blieb sie wie angewurzelt stehen. Der Eindringling stieß gegen sie, prallte von der gegenüberliegenden Wand zurück, drehte sich um und starrte in die Richtung, aus der er gekommen war, ohne auf die in der Ecke kauernde Distelblatt zu achten. Ein Kopf durchbrach den Lichtkreis am Ende des Tunnels. Eine lange rosa Zunge hing aus dem tropfenden Maul und links und rechts der boshaften gelben Augen zuckten spitze Ohren. Der Fuchs jaulte auf, kroch weiter zurück und drückte Distelblatt dabei an die Tunnelwand. Voller Entsetzen hielt sie den Atem an. Ein Hund knurrte am

Eingang und kam einen Schritt näher. Jetzt drang kaum noch Licht in den Tunnel, sodass Distelblatt sein Gesicht nicht mehr erkennen und nur noch die Umrisse seiner massigen Schultern sehen konnte. Der Fuchs duckte sich, sein weiches Fell kitzelte Distelblatt in der Nase. Wenn sie jetzt nieste, würde sie entdeckt werden.

Da ertönte ein Ruf von draußen, eine tiefe Zweibeinerstimme, laut und ärgerlich, und die Ohren des Hundes zuckten. Kurz darauf zog er sich zurück, und Distelblatt spähte ins Licht, wo ein Zweibeiner den Hund mit einer dicken rosa Pranke beim Kragen packte. Der Hund winselte, als er weggezerrt wurde. Der Fuchs entspannte sich, sodass Distelblatt gerade genug Platz blieb, um sich vorsichtig zurückzuziehen. Er war noch ein Welpe, nicht größer als sie, und roch nach Milch und der Erde aus seinem Bau.

Plötzlich hörte Distelblatt aufgeregtes Flüstern. »Was ist passiert? Geht es dir gut?« Fallendes Blatt stand direkt hinter der Tunnelbiegung und sie rannte zu ihm. Seine Augen leuchteten wie Monde im Zwielicht.

»Achtung!«, fauchte Distelblatt. »Hinter mir ist ein Fuchs! Lauf weg!«

5. KAPITEL

DISTELBLATT LEGTE IHREN Schwanz über die Schnauze und versuchte, den Lärm im Tunnel auszublenden, der bis in ihr Nest drang. Der Fuchswelpe war noch irgendwo unter der Erde und winselte in der Finsternis. Warum war er nicht gegangen? Hatte er Angst, dass der Hund draußen auf ihn wartete? Distelblatt schnaubte und kuschelte sich tiefer in die Federn. Das hohe Winseln drang hindurch, spitz wie Dornen.

Distelblatt setzte sich auf. *Großer SternenClan, hör doch auf!* Bei diesem Lärm konnte sie unmöglich schlafen. Sie sprang aus ihrem Nest und tappte durch den Tunnel zum Fluss. Fahles Sternenlicht erfüllte die Höhle. Fallendes Blatt saß am Wasserrand.

»Hörst du den Fuchs?«, fragte Distelblatt ärgerlich.

Fallendes Blatt schien ungerührt. »Irgendwann findet er schon wieder nach draußen.«

»Aber ich kann bei dem Lärm nicht schlafen!«, klagte Distelblatt. *Braucht Fallendes Blatt denn keinen Schlaf?*

Der Fuchs bellte wieder laut auf. Distelblatt tat er leid. Sie wusste, wie es sich anfühlte, wenn man verloren und verängstigt im Dunklen saß. »Vielleicht sollte ich ihn suchen.«

Fallendes Blatt blickte sie überrascht an. »Aber das ist doch ein Fuchs!«

»Er ist noch ein Baby«, widersprach sie. »Würdest du etwa ein Junges hier unten allein lassen?«

»Ein Junges würde mich nicht fressen wollen«, erklärte Fallendes Blatt.

»Für so einen Welpen bin ich als Beute zu groß«, versicherte ihm Distelblatt und hoffte, dass es auch stimmte. Der Fuchs hatte intensiv nach Milch gerochen, was bedeutete, dass er wahrscheinlich noch keine Frischbeute aß. Und als er von dem Hund in die Höhle gejagt worden war, hatte er auch auf Beute gesessen, ohne es zu merken. Sie schüttelte ihren Pelz und machte sich auf den Weg zum Waldtunnel.

»Du willst also wirklich nach ihm sehen?« Fallendes Blatt klang erstaunt.

»Ja, damit ich irgendwann weiterschlafen kann«, miaute Distelblatt. »Du kannst ja nachkommen und mich holen, falls ich bis zum Morgengrauen nicht zurück bin«, fügte sie nicht ganz scherzhaft hinzu.

Die Finsternis kam ihr schwärzer vor als sonst, und Distelblatt kämpfte gegen den Drang an, mit eingezogenem Schwanz in die Flusshöhle zurückzurennen. Das Winseln des Fuchswelpen hallte durch die Tunnel, brachte ihre Sinne durcheinander und verunsicherte sie. Als sie einen kalten Luftzug spürte, hielt sie inne. Ein Seitentunnel zweigte hier ab. Ob der Fuchswelpe wohl dort hineingelaufen war? Sie lauschte einen Moment. Etwas scharrte leise, wie weiche Pfoten, die am Fels kratzten. Wenn der Fuchs wirklich dort war, saß er fest, denn dies war ein Tunnel, der immer enger wurde und bei einem Felseinsturz endete. Und wenn Distelblatt nun dem Welpen folgte, landete sie in einer Sackgasse …

Sie holte tief Luft und betrat den Tunnel. Der Fuchs jaulte sofort auf, als er sie hörte.

»Ist schon gut, ich tu dir nichts!«, rief Distelblatt in die Finsternis. Aufgeregtes Scharren war die Antwort und aus dem Gang wallte angsterfüllter Fuchsgestank auf sie zu. Distelblatt sagte sich, dass von einem verwirrten, verängstigten Jungtier keine Gefahr ausgehen konnte, und tappte weiter. »Schsch, du musst dich nicht fürchten«, flüsterte sie.

Es wurde still, und Distelblatt nahm an, dass sich der Fuchs an den Geröllhaufen drängte, da er sonst nirgendwohin ausweichen konnte. Er winselte kaum hörbar. »Armes kleines Ding«, miaute Distelblatt, um ihn zu trösten. »Hast dich wohl verlaufen?«

Sie trat noch einen Schritt vor und stieß mit der Schnauze auf weiches, stinkendes Fell. Distelblatt kämpfte gegen ihren Brechreiz an und leckte es. Der Fuchs zuckte zusammen, erstarrte und entspannte sich dann, als sie nicht aufhörte zu lecken. Ermutigt leckte sie weiter oben, wo sie den Kopf des Welpen vermutete. Ihre Nase berührte die Spitze eines federweichen Ohrs. »Ist schon gut, jetzt bist du sicher«, flüsterte sie zwischen ihren Zungenstrichen.

Der Welpe ließ den Kopf an Distelblatts Brust sinken. Seine Barthaare kitzelten sie, als er die Schnauze unter seine Vorderpfoten steckte. Distelblatt schmiegte sich, so gut sie konnte, an den Fuchs und spürte, wie sein Atem allmählich langsamer und ruhiger wurde. Dann hörte sie auf zu lecken und legte dem Fuchs den Kopf auf den Nacken. »Schlaf, mein Kleiner«, flüsterte sie. Eng an das kalte Fell neben sich gepresst, versuchte sie, ihn zu wärmen. Sie fragte sich, ob die ehemaligen Clan-Gefährten ihr jemals glauben würden, dass sie neben einem Fuchs geschlafen hatte. Aber jetzt gehörte sie zu keinem Clan mehr und dieser Welpe brauchte sie. Er war bloß ein Junges, dem seine Mutter fehlte. Distelblatt rückte ihren Kopf in eine bequemere Position und schloss die Augen.

Jemand zwickte sie ins Vorderbein und weckte sie. Wie kam Fallendes Blatt auf die Idee, sie zu beißen? Distelblatt schlug die Augen auf. Eine Gestalt hockte im grauen Morgenlicht vor ihr, und als sie den Blick senkte, sah sie kleine weiße Zähne, die sich in ihren Pelz bohrten. »Autsch!«, miaute sie und wich aus. Der Fuchswelpe legte den Kopf auf die Seite und sah sie an. »Jip!«

Distelblatt trat zurück. Der Welpe war größer als in ihrer Erinnerung, an den Schultern doppelt so breit wie sie, und er hatte kleine Zähne, die allerdings ziemlich spitz aussahen. »Na dann«, miaute sie, wobei sie sich weiter rückwärts vor seinen Zähnen in Sicherheit brachte. »Sehen wir zu, dass du aus den Tunneln rauskommst.«

Der Fuchs sprang auf die Pfoten und füllte so den Gang aus. Distelblatt holte tief Luft. Nichts deutete darauf hin, dass der Fuchs sie für Beute hielt, eigentlich sah er vielmehr so aus, als wolle er spielen. Er bellte noch einmal hell und hüpfte auf den Vorderpfoten auf und ab. Distelblatt drehte sich um, behielt den Fuchs aber über ihre Schulter im Blick. Einen Fuchs im Rücken zu haben, ging gegen ihre Instinkte, sie fühlte sich gejagt. *Er jagt mich nicht – er soll mir folgen*, wies sie sich streng zurecht. »Komm mit!«, miaute sie.

Sie lief ein paar Schritte. Der Fuchs rannte hinter ihr her, dann blieb er stehen und winselte. Distelblatt blickte vor sich in den Tunnel. Von ihrem schwach beleuchteten Standpunkt aus endete er in völliger Dunkelheit. »Ist gleich vorbei«, erklärte sie dem Welpen. »Hier geht es nach draußen, ganz bestimmt.« Sie tappte tiefer in die Schatten, aber der Fuchs blieb, wo er war. Distelblatt hörte ein leises Plumpsen, und ihr war klar, dass er sich hingesetzt hatte. Seufzend kehrte sie um und quetschte sich neben ihn. »Steh auf«, miaute sie und stieß ihm die Schnauze in die Flanke. »Hier kannst du nicht bleiben!«

Sie knuffte ihn mit der Pfote in die Seite, worauf der Fuchs jaulend aufsprang. Distelblatt stieß ihn noch einmal mit der Schnauze an. »Jetzt komm schon, ich bleibe direkt neben dir.« Der Welpe machte einen vorsichtigen Schritt nach vorn und Distelblatt wich ihm nicht von der Seite. »So ist es gut!«, miaute sie.

Langsam bewegten sie sich den Tunnel entlang, doch an der Mündung in den Waldtunnel blieb der Fuchs stehen und wollte nicht mehr weiter. Aber Distelblatt stieß und schob und redete so lange auf ihn ein, bis sie den Seitengang hinter sich lassen konnten und den Wind von draußen auf den Gesichtern spürten. Der Fuchs bellte freudig auf und trabte los, etwas zu eifrig, denn er prallte gegen die Wand, jaulte auf und saß schon wieder. Distelblatt stürzte zu ihm und leckte dem Fuchs die Schnauze. Sie schmeckte kein Blut, also konnte er nicht ernsthaft verletzt sein. »Du dummes Ding«, schimpfte sie. »Bleib bei mir, bis du was sehen kannst, verstanden?«

Sie wusste, dass der Fuchs nicht verstand, was sie sagte, aber immerhin lief er bei der nächsten Kurve im Tunnel langsamer. Graues Licht strömte auf sie zu, schmerzhaft hell wie zuvor. Der Fuchs blinzelte und rieb sich winselnd mit einer Pfote über die Augen.

»Das kommt, weil du eine Weile im Dunkeln gewesen bist«,

erklärte Distelblatt. »Lauf weiter, gleich hast du es geschafft!« Sie reckte den Hals, leckte dem Welpen die Ohren und dabei kam ihr ein Bild von Eichhornschweif in den Sinn, wie sie dasselbe mit ihr tat. Einmal war sie in eine Pfütze gefallen, und ihre Mutter hatte sie auf die gleiche Weise getröstet und eilig zur Kinderstube zurückgebracht, damit sie trocken wurde. *Meine Mutter*. Plötzlich vermisste Distelblatt Eichhornschweif so sehr, dass sie den Schmerz körperlich spürte.

Der Fuchs sprang auf und trabte los. Als er sich an das Licht gewöhnt hatte, wurde er schneller, und Distelblatt blieb zurück, obwohl sie sich gern weiter an seinen Pelz geschmiegt hätte. Der Welpe gehörte nicht hierher. Er musste zu seiner Mutter, zu seinem Bau im Wald. Plötzlich blieb er mitten im Ausgang stehen, drehte sich zu Distelblatt um und bellte fragend auf.

Distelblatt schüttelte den Kopf. »Ich kann nicht mit dir kommen, Kleiner«, miaute sie. »Ich bin hier zu Hause.« Die Worte blieben ihr wie ein knorpeliges Stück Frischbeute in der Kehle stecken.

Lautes Gebell ertönte draußen vor dem Tunnel. Der Kopf des Welpen fuhr herum, er spitzte die Ohren, jaulte auf, und wieder war ein Bellen zu hören, erleichtert und froh.

»Das ist deine Mutter, nicht wahr?«, flüsterte Distelblatt.

Der Welpe sprang los und verschwand in dem Kreis aus Licht. Distelblatt schlich im Tunnel weiter, bis sie draußen die Bäume sehen konnte. Der Tunnel mündete in einen Wald mit dichtem Unterholz, der dem im DonnerClan-Territorium ähnlich war. Geblendet vom Licht kniff Distelblatt die Augen fest zusammen. Sie lauschte auf das Rascheln der Blätter, den Gesang der Vögel und das Pfotengetrappel, als Welpe und Fuchsmutter aufeinander zurannten. Blinzelnd sah Distelblatt, wie sie sich überschlugen und in einem Knäuel aus rostfarbenem Fell am Boden wälzten. Der Welpe fiepte aufgeregt, als ihn seine Mutter umwarf und gründlich beschnupperte.

»Jetzt bist du sicher«, murmelte Distelblatt und bemühte sich, die Traurigkeit nicht zu beachten, die wie ein Klumpen in ihrer Brust saß. »Du bist wieder da, wo du hingehörst.« Das Bild des Welpen, der auf der Suche nach Milch seiner Mutter in den Bauch stieß, verschmolz mit Distelblatts Erinnerungen an sich und ihre Wurfgefährten, wie sie eng aneinandergekuschelt in der Kinderstube lagen. *Damals kannte ich die Wahrheit noch nicht und war glücklich,* dachte sie. *Aber das ist jetzt vorbei.*

6. KAPITEL

IN DEN WÄLDERN war Blattfall eingekehrt und hatte die Erde mit einer Schicht aus raschelnden rot und orange gefärbten Blättern bedeckt. Distelblatt stand im Tunneleingang und sah zu, wie der Wind einen neuen Blätterschwall von den Buchen wehte, durch die Luft wirbelte und anschließend zu Boden schweben ließ. Sie zuckte zusammen, als sie hinter sich eine Stimme hörte.

»Hältst du nach dem Fuchswelpen Ausschau?«

Distelblatt wirbelte herum, unter ihrem Pelz kribbelte ihr schlechtes Gewissen. »Fallendes Blatt! Wie lange bist du schon hier?«

»Lange genug, um zu sehen, wie gern du da draußen wärst«, miaute der rot-weiße Kater.

Distelblatt trat beiseite, um ihm Platz zu machen, aber Fallendes Blatt blieb, wo er war, mit den Pfoten im Schatten verborgen.

»Du hoffst wohl, dass der Fuchswelpe zurückkommt«, neckte er sie, aber seine Stimme hallte dumpf im leeren Tunnel.

»Natürlich nicht«, miaute Distelblatt. »Ich weiß doch, dass er nach draußen gehört, zu seiner Mutter in den Wald.«

»Und was ist mit dir?«, fragte Fallendes Blatt eindringlich. »Gehörst du auch nach draußen, zu deiner Familie?«

Distelblatt wandte ihr Gesicht ab. »Ich habe keine Familie«, knurrte sie.

»Wir haben alle Familie«, seufzte Fallendes Blatt.

»Ach wirklich? Und wo sind dann deine Verwandten?«, wollte Distelblatt wissen. »Du sagst, dass du zu einer großen Katzengruppe gehörst, aber was ist mit ihnen geschehen? Wir haben nirgendwo Spuren entdeckt, dass hier noch andere Katzen leben.«

Fallendes Blatt musterte seine Pfoten. »Sie sind fortgegangen«, flüsterte er.

»Dann gehen wir sie eben suchen!«, verkündete Distelblatt. »Es muss doch Spuren geben, wo sie hingegangen sind.«

Zu ihrer Überraschung riss Fallendes Blatt entsetzt die Augen auf. »Nein! Ich muss hierbleiben! Wenn ich fortgehe, wie soll meine Mutter mich dann finden? Eines Tages wird sie kommen, um mich zu holen. Das weiß ich genau.«

Distelblatt kämpfte gegen ihre Ungeduld an. »Aber wir könnten sie doch vorher suchen! Komm mit mir. Ich passe auf dich auf.«

»Ich brauche niemanden, der auf mich aufpasst«, fauchte Fallendes Blatt. »Ich will einfach hierbleiben. Du kannst ja gehen, wenn du willst. Ich kann hier nicht weg.« Er drehte sich um und stolzierte in die Dunkelheit. Distelblatt starrte ihm nach, sie fühlte sich elend. So vieles, was er gesagt hatte, ergab keinen Sinn. Warum hatte seine Mutter bis jetzt noch nicht nach ihm gesucht? Sie hatte doch bestimmt gesehen, dass er in die Tunnel gegangen war, und hätte gleich nach ihm suchen müssen, als er nicht wieder herauskam. Aber Fallendes Blatt gab ihr nie eine klare Antwort. Er schien entschlossen, sich so geheimnisvoll wie möglich zu geben, und manchmal fragte sich Distelblatt, ob er überhaupt Gesellschaft in seinem unterirdischen Zuhause wollte. *Ich muss ja nicht hier bei ihm bleiben.* Sie hob den Kopf und ließ sich die Düfte des Waldes um die Schnauze wehen: Erde, Blätter, Eichhörnchen und den Moschusgeruch einer Wühlmaus, die sich irgendwo unter den Kiefernästen versteckte … Warum verkroch sie sich hier in den Tunneln, wenn sie doch draußen leben konnte, wo sie hingehörte?

Distelblatt rannte hinter Fallendes Blatt her. Als sie in der Flusshöhle ankam, lag er zusammengerollt unter dem Felsvorsprung und hatte den Schwanz über die Schnauze gelegt. Er schlief aber nicht. Seine Augen waren weit offen und leuchteten im trüben Licht.

»Du hast mir das Leben gerettet«, stieß Distelblatt hervor, als sie atemlos vor ihm stehen blieb. »Und dafür werde ich dir ewig dankbar sein. Aber du hast recht. Ich muss nach draußen, wo ich den Himmel sehen, den Wind im Pelz spüren und keine Fische, sondern Eichhörnchen und Mäuse fressen kann …«

»Dann geh doch«, fiel ihr Fallendes Blatt ins Wort. »Niemand verlangt von dir, dass du hierbleibst.«

Distelblatt starrte ihn an. Machte er sich so wenig aus ihr, dass er nicht einmal versuchte, sie aufzuhalten? Nun, sie brauchte ihn genauso wenig! »Gut«, blaffte sie. »Ich wollte dich bloß wissen lassen, dass ich gehe, falls du dich wunderst, wo ich abgeblieben bin.«

Fallendes Blatt schnaubte und legte das Schwanzende wieder über die Schnauze. Distelblatt hatte das deutliche Gefühl, dass er sie wegschickte. Sie versuchte, sich die Kränkung nicht anmerken zu lassen, drehte sich um und tappte in den Waldtunnel zurück. Zuerst ging sie langsam, hoffte insgeheim darauf, dass Fallendes Blatt hinter ihr her rennen und sie anflehen würde, sie solle es sich noch einmal überlegen. Aber die Schatten in ihrem Rücken schwiegen beharrlich.

Der Wind war kälter, als Distelblatt in Erinnerung hatte. Er kroch unter ihr Fell, obwohl sie hinter dicken Stämmen Schutz suchte. Das Licht wurde schwächer, und am Fuß der Bäume wurden die Schatten länger, aber irgendwie war diese Dunkelheit nicht so behaglich wie in den Tunneln und Distelblatt stolperte über jeden herumliegenden Ast oder Moosklumpen. Mit zusammengebissenen Zähnen schlug sie sich durch das Brombeerdickicht. Hatten die Dornen schon immer so an ihrem Pelz gezerrt? Und machten die Äste der kahlen Bäume schon immer so einen Lärm, wenn sie aneinanderschlugen? Distelblatts Ohren waren erfüllt von so vielen Geräuschen, dass sie nicht hören konnte, wo sich Beute regte, und seltsamerweise verschwamm alles vor ihren Augen, was mehr als eine Fuchslänge von ihr entfernt war. Sie versuchte, sich einzureden, dass es hier nicht anders aussah als im DonnerClan-Territorium, aber im Grunde stimmte das nicht. Es gab keine vertrauten Geruchsmarkierungen oder Wege durchs Gebüsch, kein Zeichen, dass sich hier je Katzen aufgehalten hatten.

Distelblatt kämpfte sich zur Mitte eines Brombeerbuschs durch und drehte sich im Kreis, wo die untersten Äste zusammenliefen, bis sie eine kleine, halbwegs runde Stelle freigelegt hatte. Sie scharrte im trockenen Gras, um ein Nest zu polstern, dann rollte sie sich darauf zusammen und steckte die Schnauze unter den Schwanz. Ihr Magen erinnerte sie knurrend daran, dass sie seit ihrer morgendlichen »Jagd« im unterirdischen Fluss nichts mehr gegessen hatte, aber heute Nacht würde sie bestimmt keine Beute mehr erwischen. Distelblatt presste sich mit dem Rücken an die Brombeeräste und hätte Fallendes Blatt so gern an ihrer Seite gehabt. Auch wenn er nie Wärme abgegeben hatte, war er in den wenigen Nächten, in denen er das Nest mit ihr geteilt hatte, eine merkwürdige, aber doch angenehme Gesellschaft gewesen. *Ob es ihm leidtut, dass er mich gehen ließ?*

Distelblatt wachte auf, bevor es hell wurde, zu hungrig, um weiterzuschlafen. Sie kroch aus dem Brombeerbusch und reckte die Nase in die Luft. Der Wind roch nach Regen und sie zitterte. Ihr stachliger Bau würde den Regen nicht ganz abhalten, also musste sie direkt über ihrem Kopf ein paar große Blätter in die Zweige flechten. Aber zuerst musste sie jagen. Milchiges Licht schimmerte hinter den Ästen hervor, gerade genug, um eine winzige Pfotenspur im Laub unter einer Buche sichtbar zu machen. Distelblatt ging in Lauerstellung, und ihre steifen Muskeln, die sie so viele Monde nicht benutzt hatte, protestierten. Sie schlich auf leichten Pfoten voran und lauschte auf ein leises, vielsagendes Rascheln von Beute. Am Fuß des Stammes bewegte sich ein Blatt und die Spitze eines glatten, braunen Schwanzes tauchte auf. Distelblatt sprang und landete mitten auf dem Rücken der Maus, die sie mit einem schnellen Nackenbiss tötete.

Die Frischbeute schmeckte so gut, dass sie sich wie im SternenClan fühlte. Distelblatt aß an Ort und Stelle und genoss jeden Bissen. Ihr Bauch grummelte dankbar – und verkrampfte sich kurz darauf vor Schmerz. Distelblatt fauchte mit zusammengebissenen Zähnen. So viel hatte sie schon lange nicht mehr gegessen. Vielleicht wäre es besser gewesen, wenn sie sich einen eigenen Frischbeutehaufen angelegt und die Hälfte der Maus für später aufgehoben hätte. Sie hob den Kopf und suchte nach einem guten Platz für Vorräte. Dann verwarf sie den Gedanken wieder. Wenn sie nur sich selbst ernähren musste, warum sollte sie dann Beute anhäufen? Sie würde jagen und essen, wenn sie hungrig war, ganz einfach. Wie eine Streunerin …

Distelblatt stand auf und trabte zielstrebig durch den Wald. Sie war doch keine Streunerin, oder? Sie war eine Clan-Katze ohne Clan, mehr nicht. Keine Streunerin, keine Einzelläuferin und, Großer SternenClan, schon gar kein Hauskätzchen. Nichts von alledem. *Eine Mörderin*, flüsterte eine leise Stimme in ihrem Kopf, aber Distelblatt legte die Ohren an, achtete nicht darauf und schritt energisch einen Hügel hinauf. Da sie den Kopf gesenkt hielt, merkte sie nicht, wie sich der Wald lichtete, bis ihr der Wind plötzlich ungehindert durch den Pelz blies. Erschrocken blickte sie auf und sah, dass sie fast oben auf dem Kamm angekommen war. Nur wenige Schritte bis zum Gipfel lagen noch vor ihr, dann würde sie auf den See und ihr altes Zuhause hinabblicken können.

Ihre Pfoten weigerten sich, weiterzugehen. Distelblatts Ohren lauschten angestrengt auf Katzen in der Nähe. Vielleicht die Geräusche ihrer ehemaligen Clan-Gefährten auf einer Grenzpatrouille oder WindClan-Katzen, die ein Kaninchen jagten. Sie hörte nur den Wind über den Kamm heulen und den Hang hinabsausen, um unten an den Bäumen zu rütteln. Fast ohne nachzudenken, zog sich Distelblatt zurück. Ein Teil von ihr sehnte sich nach den charakteristischen Geräuschen von DonnerClan-Katzen und wäre gern über den Hügel zu ihnen gerannt; ein anderer Teil fürchtete, dass sie nach ihr suchten, um sie für Aschenpelz' Tod zu bestrafen. Würden Blattsee oder Löwenglut und Häherfeder inzwischen verraten haben, was geschehen war? Sie würde es nie erfahren, denn sie war für immer fortgegangen. Distelblatt wandte sich um, rannte zurück und tauchte in den Schutz der Bäume ein.

Ein paar Sonnenaufgänge später fiel der erste Schnee. Als Distelblatt die Augen aufschlug, sah sie, dass ein seltsam verhangenes Licht ihren Brombeerbau erfüllte. Sie kroch ins Freie und stieß einen spitzen Schrei aus, als funkelnder Reif in ihrem Nacken landete. Verärgert schüttelte sie ihn ab und sprang unter den Zweigen hervor. Ihre Pfoten versanken im weichen, weißen Schnee und sofort fror sie bis ins Mark. Leise vor sich hin fauchend sprang Distelblatt auf einen abgebrochenen Ast, den nur eine dünne Flockenschicht bedeckte. Heute würde sie nur mit viel Glück etwas fangen, denn die Beute hatte sich bestimmt tief unter einer warmen Laubschicht verkrochen. Beim Clan hatte Feuerstern vermutlich in einem Loch vor dem Felsenkessel Beute eingelagert, die dort in der kalten Erde frisch blieb. Distelblatts Magen knurrte, wenn sie daran dachte, und sie verzog ärgerlich das Gesicht, weil sie selbst nicht besser vorgesorgt hatte.

Sie wollte gerade von ihrem Ast springen und sich auf die Suche nach Nahrung machen, als sie eine Pfotenspur zwischen den Bäumen entdeckte. Die Abdrücke waren größer als ihre, aber zu klein für einen Hund. Distelblatts Nackenfell kribbelte. Unwillig schnaubend tauchte sie ihre Pfoten wieder in den Schnee und lief zu der Spur, um sie genauer zu betrachten. Nicht Größe und Form, sondern der unverwechselbare Geruch der Abdrücke verriet ihr, wer hier entlanggelaufen war: ein Fuchs! Ein junger Fuchs, seinen kleinen Pfoten nach zu urteilen. Und bildete sie sich das nur ein, oder kannte Distelblatt den Geruch?

Aber ja!

Es war der Fuchswelpe, den sie gerettet hatte!

Distelblatts Herz begann schneller zu schlagen. In diesem Moment fand sie die Aussicht, den kleinen Welpen wiederzusehen, aufregender als ihre Nahrungssuche. Sie folgte der Spur, sprang vorsichtig neben ihr her, um sie nicht zu zerstören. Sie führte in Schlangenlinien zwischen den Bäumen hindurch, parallel zum Kamm weiter und dann bergab in ein dichtes Kiefernwäldchen. Vom Springen im Schnee, der unten am Hang immer tiefer wurde, schmerzten ihre Beine, aber sie würde jetzt nicht aufgeben. Der Geruch des Welpen wehte ihr immer stärker um die Nase und die Abdrücke wurden deutlicher, also war er wohl gerade erst hier gewesen.

Zwischen den Kiefern öffnete sich eine kleine Lichtung, auf der im festgetretenen Schnee der Boden von scharfen Krallen aufgewühlt war und rote Federn verstreut lagen. Distelblatt verzog das Gesicht, als ihr der Blutgeruch in die Nase stieg. Sie betrachtete die breiten grauen Federn und schloss daraus, dass der Fuchs hier eine Taube getötet haben musste. Der Gedanke erfüllte sie mit Stolz, als hätte sie dem Fuchs selbst das Jagen beigebracht.

Hinter sich hörte sie ein Geräusch und der beißende Fuchsgestank wehte aus nächster Nähe zu ihr herüber. Distelblatt drehte sich um, ein Schnurren stieg in ihrer Kehle auf. Der Fuchs stand am Rand der Lichtung und beobachtete sie. Er hatte die Ohren gespitzt und sein buschiger Schwanz peitschte im Schnee. Natürlich war das ihr Fuchs! Er war zu einem stattlichen Rüden herangewachsen, sein rostroter Pelz leuchtete vor dem Schnee beinahe so grell wie das Blut der Taube.

»Hallo!«, miaute Distelblatt. »Erinnerst du dich an mich?«

Der Fuchs knurrte und schoss auf sie zu. Gelbe Zähne trafen in der Luft aufeinander, wo sich eben noch ihr Hals befunden hatte, ehe sie einen Herzschlag zuvor rückwärtsgestolpert war. Sie prallte gegen eine Kiefer, wirbelte herum, kletterte den Stamm hinauf und entkam ihrem Verfolger um kaum mehr als eine Schnurrhaarlänge. Aber der Stamm war auf halber Höhe bemoost und Distelblatts Krallen verloren den Halt. Sie rutschte nach unten, Äste stießen ihr in die Rippen und Flanken und der hungrige Welpe sprang aufgeregt bellend hoch. Distelblatt gelang es gerade noch, ihre Krallen tief in die Rinde zu bohren und ihren Sturz aufzuhalten, als auch schon seine Zähne das lose Fell am Ende ihres Schwanzes packten. Sie riss sich los und kletterte, getrieben von ihrer Angst, bis in die höchsten Äste hinauf. Unter ihr knurrte der Welpe frustriert.

Distelblatt kauerte auf einem dünnen Zweig, der unter ihrem Gewicht schwankte. Sie spähte zwischen den dunkelgrünen Kiefernnadeln hinab, wo der Fuchs ständig Kreise zog. *Natürlich erinnert er sich nicht an mich. Ich bin doch nur Beute!* Distelblatt klammerte sich an ihren Ast, schloss die Augen und wartete, bis ihr Herz aufhörte, in der Brust zu hämmern.

Als sie die Augen aufschlug, war es dunkel. Angst und Flucht mussten sie so erschöpft haben, dass sie auf ihrem unbequemen Hochsitz eingeschlafen war. Im Wald herrschte Stille, es roch nach Schnee und dem aromatischen Saft der Kiefern. Der Welpe war längst verschwunden. Über den Bäumen zog der volle Mond am Himmel seine Bahn, um ihn herum blinkten die Sterne und tauchten den Wald in ein frisches, weißes Licht. Distelblatt konnte bis zum Bergkamm sehen, hinter dem sich die Clans auf der Insel versammeln würden. Ob sie wohl über sie sprachen? Fragte sich irgendeine Katze, was mit ihr geschehen war? Distelblatt fühlte sich so elend, dass sie ihren Ast beinahe losgelassen hätte. Als er unter ihr bedrohlich schwankte, kam sie wieder zu sich und hangelte sich am Stamm hinab zum schneebedeckten Boden.

Als Distelblatt durch den Wald zurücklief, nagte ein stechender Schmerz in ihrem Bauch. Distelblatt legte bei einigen Schafgarbepflanzen, die vom Schnee verschont geblieben waren, eine Pause ein und aß von den Blättern. Aber der Schmerz in ihrem Inneren ließ nicht nach, und Distelblatt wusste, dass es nicht nur der Hunger war, der sie quälte, sondern auch Einsamkeit, Reue und Trauer. Es gab nur einen Ort, den sie aufsuchen konnte. Sie plusterte den Pelz gegen die bittere Kälte auf und trottete den Hang hinauf.

Als sie ihr Ziel erreichte, brach der Morgen bereits an. Licht strömte in die Schatten, die im Mondschein von den Bäumen auf den Waldboden fielen, und einige Vögel stimmten ihr Morgenlied an. Taumelnd legte Distelblatt die letzten Schritte zurück und blieb schwer atmend im Eingang stehen. Der Tunnel lag gähnend vor ihr, warm und dunkel und einladend.

»Fallendes Blatt!«, rief sie und stürzte sich hinein. »Fallendes Blatt, bist du da?«

7. KAPITEL

DISTELBLATT SCHLIEF NACH ihrer Rückkehr zwei volle Tage lang. Fallendes Blatt brachte ihr Fische, die sie aß, wenn sie kurz wach wurde, und einige ihr unbekannte Kräuter gegen den Husten, der sie quälte, seit sie den unablässigen Wind hinter sich gelassen hatte. Ihr Nest war noch an der gleichen Stelle, aber weicher und tiefer, als sie es in Erinnerung hatte.

»Ich habe mehr Federn draufgelegt«, gestand Fallendes Blatt schüchtern. »Für den Fall, dass du zurückkommst.« Dann kletterte er vorsichtig neben sie und schmiegte sich mit seinem kalten Körper an sie, bis sie wieder eingeschlafen war.

Endlich fühlte sich ihr Kopf beim Aufwachen klarer an, sie war hungrig und rastlos. Gelbes Licht sickerte in den Tunnel, ein Zeichen, dass draußen die Sonne schien. Distelblatt lag allein in ihrem Nest, aber kurz darauf tauchte Fallendes Blatt mit einem kleinen Fisch auf.

»Hier, iss das«, drängte er und ließ die Beute neben ihr fallen.

Der Fisch schmeckte nicht so gut wie die Mäuse und Eichhörnchen aus dem Wald – Distelblatt glaubte nicht, dass es etwas Besseres gab –, aber sie schluckte gehorsam und fühlte sich gestärkt. Fallendes Blatt saß neben ihrem Nest und beobachtete sie.

»Ich bin dem Fuchswelpen wieder begegnet«, erzählte Distelblatt und leckte die letzten Fischreste von ihren Schnurrhaaren.

Fallendes Blatt staunte. »Bist du sicher, dass es derselbe war?«

»Ganz sicher. Ich habe seinen Geruch sofort erkannt.«

»Hat er dich erkannt?«, fragte Fallendes Blatt.

Distelblatt senkte den Blick auf die Pfoten und schüttelte den Kopf. Sie kam sich dumm vor und gab nur ungern zu, was sie getan hatte, hoffte aber, dass das Urteil von Fallendes Blatt nicht zu streng ausfiel. »Für ihn war ich nur ein saftiges Beutestück«, miaute sie leise. »Ich bin ihm gerade noch entwischt.«

Sie spürte etwas Weiches an ihrem Ohr. Fallendes Blatt berührte sie mit der Schwanzspitze. »Das tut mir wirklich leid. Du hast ihm das Leben gerettet, und das ist der Dank dafür? Es gibt Tiere, die einfach nicht wissen, was sich gehört!«

In seiner Stimme lag ein kaum unterdrückter ironischer Unterton, und als Distelblatt aufblickte, sah sie seine Augen spöttisch blitzen. »Es war wohl ziemlich mäusehirnig von mir, zu glauben, dass er mich erkennen würde«, gab sie zu.

»Das kann man wohl sagen!«, platzte Fallendes Blatt heraus. »Was hast du denn erwartet? Dass er dich in seinen Bau mitnimmt und seiner Mutter vorstellt?«

Distelblatt sah weg. »Ich war so allein«, flüsterte sie. »Ich wollte einen Freund.«

Im nächsten Moment hockte Fallendes Blatt neben ihr und schmiegte seinen Pelz an sie. »Und den hast du auch«, versicherte er. »Hier neben dir. Also, ich hab die Patrouillen total vernachlässigt, während du weg warst. Sollen wir bei den Tunneln anfangen – nur für den Fall, dass der Fuchs auf die Idee kommt, dir zu folgen? Und schauen dann mal, ob du noch weißt, wie man Fische fängt?«

Später, als es hinter den Löchern in der Decke dunkel geworden war und Distelblatts Pfoten schmerzten, weil sie so viel auf dem Felsboden gerannt war, lag sie in ihrem Federnest und fühlte sich nicht mehr ganz so einsam. Sie schnurrte und Fallendes Blatt regte sich neben ihr.

»Worüber denkst du nach?«, fragte er leise.

»Es ist so schön, wieder hier zu sein«, antwortete Distelblatt wahrheitsgemäß. »Ich bin wohl nicht für ein Leben ohne Gesellschaft geschaffen.«

Fallendes Blatt leckte ihr Ohr. »Ich freu mich auch, dass du zurückgekommen bist.«

Distelblatt drehte sich zu ihm um. »Denkst du noch manchmal an die Katzen, die du verlassen hast?«

»Ständig«, miaute Fallendes Blatt traurig. »Aber es ist so lange her, dass ich mich kaum noch erinnern kann.«

Distelblatt blinzelte. Sie hatte den DonnerClan vor etlichen Monden verlassen und trotzdem nichts vergessen. »Wie viele Blattwechsel sind vergangen, seit du in den Tunneln lebst?«

Fallendes Blatt sah sie nicht an. »Es sind mehr, als ich zählen kann. Und jetzt kann man da auch nichts mehr machen.«

Distelblatt fragte ihn lieber nicht noch einmal, ob sie nach seinen früheren Gefährten suchen sollten.

Sie schmiegte sich dichter an seine Flanke und bat: »Erzähl mir von deiner Familie. Daran erinnerst du dich doch bestimmt.«

»Meine Mutter hieß Gebrochener Schatten. Sie war sehr lieb und so schön. Sie … sie wollte nicht, dass ich in die Tunnel gehe. Ich glaube, sie wusste, dass etwas Schlimmes passieren würde.«

»Konnte sie dich nicht daran hindern?«, fragte Distelblatt.

»Dann hätte ich keine Scharfkralle werden können«, antwortete Fallendes Blatt. »Und das wollte ich unbedingt, mehr als alles auf der Welt.« Seine Stimme war leiser geworden und hörte sich entsetzlich traurig an. Dann schüttelte er sich. »Das ist alles so lange her. Was ist mit deiner Mutter? Hast du ihr gesagt, dass du den Clan verlässt?«

Distelblatt zerrupfte mit einer Kralle die Federn. »Nicht so ganz«, murmelte sie.

Fallendes Blatt erstarrte. »Willst du sagen, dass sie keine Ahnung hat, wo du bist? Und vielleicht sogar glaubt, dass du tot bist?«

»Das wäre wahrscheinlich am besten«, flüsterte Distelblatt. Während sie sprach, fragte sie sich, von welcher Katze sie sprach. Meinte sie Blattsee, ihre wirkliche Mutter, oder Eichhornschweif, die sie großgezogen hatte? »Das ist kompliziert«, gestand sie. »Ich … ich habe zwei Mütter.«

Sie wusste, dass hinter ihr Fallendes Blatt die Ohren spitzte. »Zwei?«

»Blattsee, meine richtige Mutter, ist Heilerkatze. Sie darf keine Jungen haben, aber sie ist mit Krähenfeder vom WindClan weggelaufen, und als sie wiederkam, hat sie mich und meine Brüder bekommen. Weil niemand wissen sollte, was sie getan hat, sind wir bei ihrer Schwester Eichhornschweif aufgewachsen, die so getan hat, als wären wir ihre Jungen. Sogar ihr Gefährte Brombeerkralle dachte, er sei unser Vater!«

Fallendes Blatt schwieg eine Weile, dann fragte er: »Glaubst du, dass Eichhornschweif dich geliebt hat?«

»Oh ja«, miaute Distelblatt. »Jedenfalls hat sie sich um uns genauso liebevoll gekümmert wie die anderen Königinnen in der Kinderstube. Aber wer unsere wirklichen Eltern sind, hat sie uns erst gesagt, als sie wegen einer anderen Katze dazu gezwungen war.«

»Was ist mit ... Blattsee heißt sie, oder? Wie stand sie zu dir?«

Distelblatt seufzte. »Sie hat sich immer für uns interessiert, aber ich dachte, das sei, weil Eichhornschweif ihre Schwester ist. Ich war eine Weile ihre Schülerin, im Heilerbau, aber dann hab ich beschlossen, dass ich lieber Kriegerin werden will. Ich hab gern mit ihr gearbeitet, wollte aber nicht mein Leben lang dabeibleiben.«

»Und Blattsee weiß, dass du die Wahrheit herausgefunden hast?«, fragte Fallendes Blatt.

»Ja«, miaute Distelblatt und erinnerte sich mit Schrecken an ihre letzte, wütende Auseinandersetzung mit der DonnerClan-Heilerkatze. »Ich ... ich hab ihr gesagt, dass sie den Tod verdient hätte für das, was sie getan hat, aber sie meinte, es sei viel schmerzhafter, damit zu leben.« Distelblatt sprach nicht mehr weiter und senkte den Blick auf die Federfetzen zwischen ihren Pfoten.

»Wenn du mich fragst«, hob Fallendes Blatt vorsichtig an, »haben dich beide Katzen sehr geliebt. Zwei Mütter sind doch bestimmt besser als gar keine? Und was du auch getan haben magst, bevor du hierherkamst, bestimmt hoffen beide, dass du lebst und in Sicherheit bist.«

»Wahrscheinlich«, gab Distelblatt zu. Sie schob die Federfetzen aus dem Nest. »Aber wie können sie mit all den Lügen leben? Es gibt doch nichts Wichtigeres als die Wahrheit!«

»Nicht unbedingt«, miaute Fallendes Blatt. »Vielleicht sind die Katzen davon ausgegangen, dass ihre Entscheidung für dich und deine Brüder das Richtige ist. Du kannst sie doch nicht dafür bestrafen, dass sie dich so sehr geliebt haben, Distelblatt.«

Er tippte ihr mit einer Pfote auf die Schulter und Distelblatt legte sich wieder hin. Sie musste Fallendes Blatt recht geben, Eichhornschweif und Blattsee hatten sie wirklich geliebt. Aber dann war alles so kompliziert geworden wegen der vielen Geheimnisse und Lügen – und weil Distelblatt Aschenpelz getötet hatte, damit er nicht allen verriet, wie es wirklich war. *Und als ich dann gemerkt habe, dass die Wahrheit ans Licht kommen muss, habe ich den Clans auf der Großen Versammlung selbst alles erzählt.* Aschenpelz war umsonst gestorben und Distelblatt hatte weggehen müssen.

Draußen wurde es noch kälter. Es gab weniger Fische im unterirdischen Fluss, also unternahm Distelblatt Streifzüge in den Wald, verließ die Tunnel aber nur, um eine Maus oder ein Eichhörnchen zu fangen und einmal sogar eine ziemlich magere Taube. Fallendes Blatt begleitete sie nie. Er sagte, er sei gelegentlich draußen gewesen, um Kräuter zu sammeln, nachdem er Distelblatt verletzt in den Tunneln gefunden hatte, habe sich dort aber nicht wohlgefühlt. Distelblatt zerriss es jedes Mal fast das Herz, wenn sie das traurige Gesicht ihres rot-weißen Freundes aus den Schatten spähen sah, wo er ängstlich Wache hielt, während sie jagte. Für Fallendes Blatt waren die Tunnel vermutlich Zuhause und Gefängnis zugleich. Glaubte er wirklich, es sei zu spät, um seine Familie zu suchen?

Distelblatt hielt immer mit einem Auge Ausschau nach dem Fuchswelpen und seiner Mutter, aber sie sah zwischen den verschneiten Bäumen nie etwas Größeres als die Taube und nur einmal eine verschneite Spur, die zu dem Kiefernwäldchen hinabführte. Sie hatte die entgegengesetzte Richtung eingeschlagen, war dem Geruch der Schafgarbe gefolgt und hatte so sicher zum Tunnel zurückgefunden. Die Pflanzen wuchsen direkt am Eingang, wo sie mit ihren grünen Blättern dem Schnee trotzten.

Immer wenn sich Distelblatt im Freien aufhielt, ertappte sie sich dabei, dass sie auf Geräusche von Katzen hinter dem Hügelkamm lauschte. Ob ihre Clan-Gefährten bei dem Schnee wohl genug Beute fanden? Waren die Ältesten gesund und kräftig? Mehrmals wurde sie von ihren Pfoten zum Kamm hinaufgetragen, was sie erst wenige Fuchslängen vor der DonnerClan-Grenze bemerkte. Aber wenn sie sich vorstellte, einem ihrer ehemaligen Clan-Gefährten von Angesicht zu Angesicht gegenüberzustehen, stockte ihr das Blut in den Adern, sie wirbelte im letzten Moment herum und rannte zu Fallendes Blatt zurück.

Ein Viertelmond verging, bis eines Nachts die Wolkendecke aufriss und sich ein klarer, frischer Himmel über dem stillen Wald wölbte. Distelblatt hatte sich tief in ihr Nest gekuschelt und versucht, warm zu werden, aber ihre Gedanken weilten im Felsenkessel. Da sie wusste, dass sie nicht mehr einschlafen würde, setzte sie sich auf. Der Tunnel war von einem silbrigen Licht erfüllt und fast so hell wie bei Sonnenschein. Distelblatt verließ ihr Nest und trabte zur Flusshöhle. Sie war leer, nur das grelle Licht leuchtete in jeden Winkel und ließ den Fluss weiß schimmern. Distelblatt legte den Kopf zurück und spähte durch das Loch in der Decke. Weit oben zog der kreisrunde Mond über den Himmel. Es war kalt für die Nacht der Großen Versammlung. Distelblatt sah die Katzen vor sich, wie sie sich auf der Lichtung aneinanderdrängten, Atemwolken aus ihren Schnauzen dampften, während sie zuhörten, was die Anführer zu berichten hatten.

»Du vermisst deine Clan-Gefährten, nicht wahr?«, flüsterte Fallendes Blatt hinter ihr.

Distelblatt fuhr zusammen. Sie hatte ihn nicht kommen hören. »Ich würde nur gern wissen, ob es ihnen gut geht«, miaute sie schuldbewusst. »Die Blattleere kann so hart sein für die Clans und bei so viel Schnee finden sie vielleicht nicht genug zu essen.«

Fallendes Blatt unterbrach sie, indem er eine Pfote hob. »Dann musst du zu ihnen gehen.«

»Das darf ich nicht! Es ist besser, wenn sie glauben, dass ich nie mehr wiederkomme!«

»Wenn du das willst, musst du zu ihnen gehen, ohne dass sie es merken«, schlug Fallendes Blatt vor. »Es bringt nichts, wenn du immer nur in den Mond schaust und dir Sorgen machst.«

Distelblatt senkte den Kopf. Vielleicht hatte er recht. Sie kannte ihr altes Territorium gut genug, um nicht gesehen zu werden. Wenn sie sich erst überzeugt hatte, dass der DonnerClan die strenge Blattleere überlebte, würde sie auch wieder schlafen können.

8. KAPITEL

NACHDEM DISTELBLATT BESCHLOSSEN hatte, heimlich zum DonnerClan zurückzukehren, fühlten sich ihre Pfoten wie summende Bienenschwärme an, aber sie zwang sich, noch einen Viertelmond zu warten, bis der Himmel nicht mehr so hell erleuchtet war. Dann ließ sie sich von Fallendes Blatt kurz vor der Morgendämmerung, wenn die Nacht besonders finster ist, in einen Tunnel führen, der nicht breiter war als ein Kaninchenloch. Es war einer der wenigen verbliebenen Ausgänge zum DonnerClan. Distelblatt hatte ihm noch danken wollen, bevor sie durch den letzten Engpass kroch, aber er war umgekehrt, bevor sie etwas sagen konnte, und die Schatten hatten ihn schnell verschluckt.

Ich komme zurück, ganz bestimmt!, rief ihm Distelblatt insgeheim nach.

Distelblatt schlüpfte durch den schmalen Gang. Ihre Ohren streiften an der Decke entlang und sie fühlte sich für einen Moment wie lebendig begraben. Ihr Herz begann panisch zu rasen, trotzdem zog sie sich mit den Vorderpfoten voran.

Plötzlich wehte ihr kalte Luft ins Gesicht, in den Zweigen flüsterte der Wind und erfüllte ihre Ohren. Distelblatt richtete sich auf und genoss die vertrauten Katzengerüche von Spuren und Grenzmarkierungen. Sie war zu Hause!

Nein! Das ist nicht mehr mein Zuhause.

Distelblatt schüttelte sich den Staub aus dem Fell, trottete durch ein Farndickicht hindurch und umrundete eine Eiche. Nachdem sie sich versichert hatte, dass keine Nachtpatrouille unterwegs war, überquerte sie einen schmalen Pfad, der auf dem Kamm entlangführte. Distelblatt redete sich ein, sie zittere wegen der Kälte so sehr, dabei konnte sie die Angst in ihrem Pelz riechen und wusste, dass sie vor allem fürchtete, sie könnte entdeckt werden. Als eine Eule geräuschvoll von einem Ast aufflatterte, wäre sie vor Schreck beinahe gestolpert. Sie schlüpfte in eine Brombeerhecke und kämpfte sich hindurch, bis sie direkt an der Klippe auftauchte. Dort duckte sie sich und spähte über den Rand.

Der Felsenkessel lag im tiefen Schatten, und Distelblatt konnte zwar keine einzelnen Baue erkennen, aber irgendetwas kam ihr verändert vor. In ihrer Erinnerung hatte das Pfeifen des Windes lauter zwischen den Felsen gehallt. Es war, als wären im Lager Bäume gewachsen, seit sie es verlassen hatte, mit zahlreichen Ästen, an denen trockenes Laub hing. Das war doch nicht möglich!

Während sie angestrengt in die Dunkelheit spähte, zeigte sich hinter ihr ein blassgelber Streifen am Himmel. Die frühe Morgendämmerung warf gerade so viel Licht in die Schatten, dass Distelblatt den großen Baum sehen konnte, der das Lager ausfüllte. Er war jedoch nicht dort gewachsen, sondern lag auf der Seite und klemmte mit den Wurzeln in der Ecke beim Heilerbau fest. Distelblatt erstarrte vor Schreck. Wenn so ein großer Baum von der Klippe gestürzt war, musste er Katzen unter sich begraben haben! Er lag direkt über den Bauen der Krieger und der Ältesten. Wie konnte ihrem Clan etwas so

Entsetzliches geschehen, ohne dass sie davon wusste? Warum hatte ihr der SternenClan nicht in einem Traum davon erzählt?

Vielleicht hat sich der SternenClan von mir abgewandt, weil ich nicht mehr zum Clan gehöre.

Distelblatt zitterte so sehr, dass sie beinahe abgerutscht wäre. Sie wich ein Stück zurück, als die Zweige des umgestürzten Baumes in Bewegung gerieten und zwei Katzen vorsichtig hinaus in die Kälte traten. Atemwolken stiegen vor ihren Schnauzen auf.

»Ich schaffe es auch allein zum Schmutzplatz«, brummte Mausefell. Die Luft war so still, dass ihre Stimme bis zu Distelblatt oben auf der Klippe hinaufgetragen wurde.

»Das weiß ich«, krächzte Charly. »Aber es kann auch nicht schaden, wenn du Gesellschaft hast, oder?«

»Mir bleibt wohl nichts anderes übrig«, murmelte Mausefell, als der alte braune Kater neben ihr über die Lichtung tappte und beide in der Brombeerhecke vor dem Ausgang verschwanden.

Distelblatt beugte sich voller Freude vor. *Meine Clan-Gefährten!*

»Wurzellicht!«, rief eine Stimme aus dem Heilerbau. »Ich kann dir doch etwas zu essen bringen, wenn du hungrig bist. Du musst es dir nicht selbst holen.« Das war Häherfeder, der sich anhörte, als wäre er gerade aufgewacht.

»Ich habe immer noch zwei funktionierende Beine«, antwortete eine dunkelbraune Kätzin, die unter den verschlungenen Ästen hervorkroch.

Wurzeljunges? Distelblatt riss ungläubig die Augen auf, als sich die junge Katze mit den Vorderpfoten vorwärtsschleppte, während ihre Hinterläufe nutzlos über den Boden schleiften. Millie schoss aus dem Geäst.

»Was tust du da? Du bist gestern erst so viel unterwegs gewesen! Du solltest dich ausruhen!«, schimpfte sie.

Wurzellicht – Häherfeder hatte sie mit einem Kriegernamen gerufen, obwohl sie bestimmt nicht auf Patrouille ging – wich ihrer Mutter aus. »Es geht mir gut«, fauchte sie. »Du sollst mir nicht immer alles abnehmen!«

Millie beugte sich vor und leckte ihrer Tochter die Ohren. »Das würde ich aber gern«, flüsterte sie.

Wo ist Wurzellicht so schwer verwundet worden? Ob das passiert ist, als der Baum herabgestürzt ist? Ich hätte bei ihnen sein müssen! Distelblatt bohrte am Rand der Klippe ihre Krallen in die lockere Erde. Ein paar kleine Steine lösten sich und purzelten klappernd auf die Lichtung. Distelblatt erstarrte.

Ein vertrauter dunkler, getigerter Pelz trat aus den Zweigen. Brombeerkralle blickte zu Distelblatts Versteck hoch und kniff die Augen zusammen. Sie wich zurück und hielt den Atem an. Dann hörte sie ihn rufen: »Löwenglut? Rußherz? Geht mit der Grenzpatrouille über dem Felsenkessel an der Klippe entlang! Taubenpfote und Efeupfote können euch begleiten.«

Unten war zu hören, wie sich Katzen versammelten. Distelblatt riskierte noch einen Blick über den Rand. Es zerriss ihr fast das Herz, als sie ihren Bruder sah, der Rußherz umkreiste und ihr mit der Schwanzspitze über das weiche, graue Fell strich. Taubenpfote und Efeupfote – sie waren Junge gewesen, als Distelblatt den Clan verlassen hatte, und jetzt zu kräftigen, selbstbewussten Schülern herangewachsen – hüpften um sie herum und schienen begeistert von der Aussicht, eine Patrouille zu begleiten.

»Hat Brombeerkralle einen Fuchs gehört?«, fragte Efeupfote aufgeregt.

Taubenpfote legte den Kopf auf die Seite und sah nachdenklich aus. »Ich glaub nicht«, miaute sie.

Löwenglut führte sie zur Dornenbarriere, und Distelblatt wusste, dass sie verschwinden musste. Sie hoffte nur, dass ihrem Pelz noch immer so viel DonnerClan-Geruch anhaftete, dass die Patrouille ihre Spur nicht bis zum Tunnel verfolgen konnte. Glücklicherweise waren die Farnwedel nass vom schmelzenden Raureif und würden ihren Geruch kaum annehmen. Sie schlüpfte mitten durch die Wedel, verzog das Gesicht, als sie vom kalten Wasser bis auf die Haut durchnässt wurde, und rannte schnell zum Tunnel. Sie hörte, wie Löwenglut seine Patrouille den Hang hinauf aus dem Lager führte. Efeupfote rannte vorneweg und erstattete Bericht über jeden Busch und jede Brombeerranke, an der sie geschnuppert hatte.

»Hier ist nichts! Hier ist kein Fuchs vorbeigekommen!«

Distelblatt, plötzlich überwältigt von der Hoffnung, sie könnte doch noch entdeckt und zum Clan zurückgebracht werden, hielt einen Moment inne. Ein kleines bisschen mussten sie ihre verschollene Clan-Gefährtin doch vermissen? Dann dachte sie wieder an alles, was alles geschehen war, und dass Blattsee, Häherfeder und Löwenglut davon wussten, und ihr wurde klar, dass der Clan ohne sie besser dran war. Mit einem leisen Seufzer duckte sie sich in das enge Loch und wurde von den Schatten umfangen.

»Und dann sah ich Wurzeljunges – na ja, jetzt ist sie Wurzellicht – und sie kann ihre Hinterläufe nicht mehr benutzen! Sie hat sich auf dem Bauch über die Lichtung geschleppt. Vielleicht ist der Baum auf sie draufgefallen. Ich hätte da sein und ihr helfen müssen!« Distelblatt brach ab, holte Luft und merkte, dass sie seit ihrer Rückkehr ununterbrochen geredet hatte.

Fallendes Blatt saß neben ihr und betrachtete sie. Es war ein verhangener Tag, sodass kaum Licht in die Höhle strömte, und dennoch sah Distelblatt, dass seine Augen matt leuchteten. »Du hättest nicht verhindern können, dass der Baum abstürzt«, erklärte er. »Außerdem bist du freiwillig weggegangen, oder hast du das vergessen?«

Distelblatt scharrte mit der Pfote über den Stein. »Damals war mir, als hätte ich keine andere Wahl«, flüsterte sie. »Ich … ich hab dir noch nicht alles erzählt, was passiert ist. Es war nicht nur, weil mich Eichhornschweif und Blattsee angelogen haben. Da war noch eine Katze, die alles herausgefunden hat, ein Kater namens Aschenpelz. Er hat damit gedroht, allen Clans die Wahrheit zu sagen, und da … und da hab ich ihn getötet.«

Eine ganze Weile herrschte Schweigen. Distelblatt riskierte einen Blick auf Fallendes Blatt. Er starrte in den Fluss. »Hat dich der Clan fortgeschickt, als deine Gefährten davon erfuhren?«, fragte Fallendes Blatt leise.

»Nein! Sie wissen es gar nicht! Nur Blattsee hat es herausgefunden, und dann habe ich es Häherfeder und Löwenglut gesagt. Ich wollte, dass sie wissen, warum ich gehen musste.«

»Trotzdem könntest du zurückkehren«, miaute Fallendes Blatt und hob plötzlich den Blick. »Deine Brüder und Blattsee lieben dich zu sehr, um die Wahrheit über Aschenpelz zu verraten. Dein Geheimnis ist bei ihnen immer noch gut aufgehoben.«

»Woher willst du das wissen!«, wimmerte Distelblatt.

»Ich weiß es einfach«, entgegnete Fallendes Blatt. »Alles, was du mir erzählt hast, beweist, wie wichtig du deiner Familie bist.«

»Das verstehst du nicht«, miaute Distelblatt gequält. »Es ist zu viel passiert. Der Clan braucht mich nicht mehr.«

Fallendes Blatt wandte sich ab. »Dein Clan wird dich immer brauchen«, flüsterte er und tappte in die Dunkelheit.

Distelblatt hielt sich drei Viertelmonde zurück, bevor sie zu ihrem Versteck über dem Felsenkessel zurückkehrte. Es war neuer Schnee gefallen, der in der Eiseskälte silbrig funkelte. Distelblatt kauerte zitternd im trockenen Gras und beobachtete, wie der Clan unter ihr langsam zum Leben erwachte. Brombeerkralle schickte eine Patrouille mit verschlafenen Kriegern zur WindClan-Grenze. Distelblatt erschrak, als sie sah, wie mager ihre Clan-Gefährten waren. Sie suchte mit den Augen die Lichtung nach einem Frischbeutehaufen ab, sah aber nur ein paar Fell- und Federfetzen neben einem Baumstamm. Bestimmt gab es bei so einer strengen, lang anhaltenden Blattleere nur wenig Beute.

Am äußersten Ende des umgefallenen Baums huschte etwas in der Nähe der dornenbewehrten Wände der Kinderstube umher. Mohnfrosts Stimme ertönte schrill und ungeduldig.

»Kirschjunges! Mit diesem Husten gehst du nicht nach draußen! Maulwurfjunges, bring deine Schwester sofort zurück!«

Zwei winzige, aufgeplusterte Gestalten schossen aus der Brombeerhecke und flitzten über die Lichtung. Die rote Kätzin blieb stehen, als ihr kleiner Körper von Hustenattacken geschüttelt wurde, und ihr braun-cremefarbener Wurfgefährte hielt ebenfalls an. »Du darfst heute nicht draußen spielen«, miaute er. »Du hast doch gehört, was Mohnfrost gesagt hat.«

Eine schildpattfarbene Kätzin schlüpfte aus der Kinderstube und beugte sich über das rote Junge. »Komm mit, meine Kleine«, flüsterte Mohnfrost. »Ab ins Nest mit dir.«

»Häherfeder kann mir doch Medizin geben!«, flehte Kirschjunges und sah ihre Mutter mit riesigen Bernsteinaugen an.

»Er sagt, er hat keine Schafgarbe mehr«, erklärte Mohnfrost. Ihre Stimme hatte einen angespannten Unterton, wobei Distelblatt nicht entging, dass sie ihre Besorgnis vor den Jungen zu unterdrücken versuchte. »Aber er findet heute bestimmt wieder etwas und dann geht es dir gleich besser.«

Sie scheuchte ihr Junges in die Kinderstube und ließ Maulwurfjunges allein zum Spielen auf der Lichtung zurück. Distelblatt kniff die Augen zusammen. Sie wusste, wo frische Schafgarbe wuchs. Sie wirbelte herum, rannte zum Tunnel, an dessen engen Eingang sie sich inzwischen gewöhnt hatte, und zwängte sich, ohne nachzudenken, hindurch. Dann rannte sie zielstrebig auf sicheren Pfoten durch die Gänge aus kaltem, feuchtem Fels. Als sie die Flusshöhle erreichte, war Fallendes Blatt nirgends zu sehen. Distelblatt setzte über das Wasser, schoss in den Waldtunnel, folgte ihm bis zum Ende und trat ins Freie, als die Sonne gerade blassgelb über den Bäumen aufging.

SternenClan sei Dank!

Die Schafgarbe wuchs immer noch beim Tunneleingang, frisch und grün duftend, trotz der Kälte. Distelblatt biss so viele Stängel ab, wie sie tragen konnte, und lief dann durch die Gänge zurück, wobei sie sorgsam darauf achtete, nicht auf die schleifenden Blätter zu treten. Als sie den schmalen Ausgang im DonnerClan-Territorium erreichte, legte sie die Schafgarbe ab und witterte. Eine Patrouille war gerade vorbeigekommen, was bedeutete, dass ihr genug Zeit blieb, um die Kräuter zum Fuß der Klippe zu tragen. Distelblatt zwang sich zur Ruhe. Ihre Pfoten bebten im Takt zu ihrem heftig pochenden Herzen. Die meisten Katzen würden erst später das Lager verlassen und die Patrouille lief in die entgegengesetzte Richtung. Wenn sie schnell rannte und sich im Schutz des Unterholzes hielt, würde niemand sie sehen.

Sie ließ sich keine Zeit, um es sich anders zu überlegen, nahm ihr Kräuterbündel auf und rannte den Pfad zum Fuß der Klippe hinab. Hinter einer Kurve wäre sie fast in der Brombeerhecke gelandet, die den Schmutzplatz abschirmte.

Aus dem Inneren der Hecke knurrte eine Stimme: »Warte, bis frei ist!«

Distelblatt unterdrückte den Impuls, sich zu entschuldigen, und sauste zum Ende der Dornenbarriere. Da der Morgen bereits dämmerte, hielt dort keine Katze mehr Wache. Sie ließ die Kräuter dicht neben dem gut geschützten Durchgang fallen, wo sie von der nächsten Katze, die das Lager verließ, gefunden werden mussten. Kirschjunges konnte geholfen werden, bevor die Sonne hoch am Himmel stand.

Als sie hörte, dass sich von der anderen Seite der Hecke eine Katze näherte, wirbelte Distelblatt herum und rannte den Hang hinauf zur Klippe. Ihre Clan-Gefährten würden sich fragen, wer die Schafgarbe dort abgelegt hatte, aber mit ein bisschen Glück würden sie vermuten, dass es ein Schüler war, der ungefragt danach gesucht hatte. Keine Katze musste erfahren, dass Distelblatt zurückgekehrt war, um ihnen zu helfen.

9. KAPITEL

KIRSCHJUNGES HUSTET NICHT MEHR! Mohnfrost sieht so erleichtert aus. Sie hat heute Morgen mit den Jungen gespielt und ihnen mit einer Mooskugel Anspringen beigebracht. Ich weiß noch, wie uns Eichhornschweif den ersten Sprung gezeigt hat …« Distelblatt verstummte.

Fallendes Blatt, der neben ihr am Ufer des unterirdischen Flusses saß, zuckte mit einem Ohr. »Dann hat die Schafgarbe also gewirkt«, miaute er.

»Ganz bestimmt!« Distelblatt sprang auf und stellte sich ihm gegenüber. »Meinst du, ich sollte ihnen mehr bringen? Und Ringelblume? Oder Katzenminze? Weißt du, ob irgendwo in der Nähe welche wächst?«

»Nein, weiß ich nicht«, antwortete Fallendes Blatt leicht verärgert. »Ich brauche für mich keine Kräuter, warum sollte ich danach suchen?«

»Aber für mich hast du doch Beinwell gefunden, und Mohnsamen«, erinnerte ihn Distelblatt. »Als mein Bein verletzt war.«

Seine Schwanzspitze zuckte. »Das war was anderes«, brummelte er. »Dich hatte ich direkt vor der Nase. Ich konnte doch nicht einfach zuschauen, wie du leidest, oder?«

»Und der DonnerClan lebt direkt über unseren Köpfen!«,

wandte Distelblatt ein. »Das Gesetz der Krieger sagt, dass wir Junge immer schützen müssen, auch wenn sie nicht zu unserem Clan gehören. Wenn wir Kräuter sammeln, damit Kirschjunges und Maulwurfjunges die Blattleere überstehen, dann halten wir uns nur an das Gesetz der Krieger.«

»Das ist aber nicht *mein* Gesetz«, miaute Fallendes Blatt und drehte ihr den Rücken zu. »Wenn du unbedingt Kräuter sammeln willst, dann wünsche ich dir viel Glück dabei.« Er tappte in den Tunnel, der zu Distelblatts Nest führte.

Distelblatt sah ihn in den Schatten verschwinden. Sie fand sein Benehmen sehr seltsam. Sie hatte ihn sei einigen Tagen nicht gesehen und war allein gewesen, wenn sie nicht gerade ihre Clan-Gefährten heimlich von der Klippe aus beobachtet hatte. Fallendes Blatt kam jetzt nie mehr zu ihr ins Nest und folgte ihr auch nicht mehr mit zum Ausgang des Waldtunnels, um ihr beim Jagen zuzusehen. Hatte sie ihn irgendwie gekränkt?

Vielleicht gefällt es ihm nicht, dass ich so viel Zeit beim DonnerClan verbringe.

Schuldgefühle kribbelten unter Distelblatts Pelz. Es stimmte, dass kaum ein Tag verging, an dem sie nicht nach ihren Clan-Gefährten sah. Mohnfrosts Junge waren fast sechs Monde alt, sie würden also bald zu Schülern ernannt werden. Distelblatt überlegte, welche Mentoren sie wohl bekommen würden. Wenn sie beim Clan geblieben wäre, hätte sie Kirschjunges gern trainiert. Die junge Kätzin hatte Temperament und Humor. Aber Distelblatt würde niemals Mentorin werden, nicht mehr.

Sie schüttelte sich und trabte in den Waldtunnel. Sie musste etwas zu essen fangen, dann würde sie nach frischen Kräutern suchen. Die Blattleere war noch lange nicht vorbei und so gab es nur wenig grüne Blätter, aber an den geschützten Stellen unter umgestürzten Bäumen hatte sie vielleicht Glück. Und vielleicht konnte sie Fallendes Blatt etwas mitbringen, als Entschädigung, weil sie so lange draußen blieb. Er hatte zwar nie Frischbeute mit ihr geteilt, aber vielleicht hatte ihn das alles nicht gereizt. Irgendwo zwischen den Bäumen musste es Beute geben, wohlgenährt von Kiefernzapfen und heruntergefallenen Nüssen, die ihm vielleicht schmeckte.

Distelblatt fing ein Eichhörnchen, weich und flauschig in seinem grauen Pelz, aber als sie in die Tunnel zurückkehrte, war Fallendes Blatt nirgendwo zu sehen. Distelblatt aß allein beim Fluss, legte sorgsam die Hälfte für Fallendes Blatt zur Seite und wusch sich dann die Schnauze im eisigen Wasser. Sie hatte keine frischen Kräuter für den Clan gefunden, und so trottete sie mit schleppenden Pfoten müde und enttäuscht zu ihrem Nest. Sie rollte sich auf den Federn zusammen und steckte die Schnauze unter den Schwanz. Morgen würde sie den ganzen Tag mit Fallendes Blatt verbringen – falls sie ihn fand – und mit ihm so lange durch die Tunnel patrouillieren, bis er keine Lust mehr hatte.

Es war, als hätte sie gerade erst die Augen geschlossen, als Fallendes Blatt sie mit der Pfote anstupste. »Wach auf, Distelblatt!«

Verschlafen setzte sie sich auf. »Ist schon Sonnenaufgang?«

»Nein!« Fallendes Blatt tappte im Kreis herum, sein Fell war gesträubt vor Ungeduld. »Zwei deiner Clan-Gefährten sind in den Tunneln!«

Distelblatt war auf der Stelle hellwach. »Was? Wo? Wer ist es?«

»Woher soll ich das wissen!«, blaffte Fallendes Blatt. »Aber hier unten können sie nicht bleiben. Ich wollte ihnen sagen, wie sie rauskommen, aber sie haben nicht zugehört und irren immer noch durch die Finsternis. Du musst mitkommen und ihnen helfen!«

»Geht es ihnen gut?«

»Gut genug, um wie die Spatzen zu plappern. Also sind sie vermutlich unverletzt.« Fallendes Blatt tappte davon. »Bring sie einfach dahin, wo sie hingehören«, miaute er über die Schulter zurück.

Distelblatt sprang aus ihrem Nest und rannte zur Flusshöhle. Trotz des plätschernden Wassers konnte man von hier am besten hören, ob jemand in den Haupttunneln war. Sie hockte sich an den Fluss und spitzte die Ohren. Hohe, nervöse Stimmen hallten aus einem Seitengang auf sie zu. Distelblatt sprang auf und rannte in die Richtung, aus der die Stimmen kamen, bog unbeirrt um die Ecken, obwohl sie in der Dunkelheit nichts sehen konnte. Plötzlich hörte sie die Stimmen ganz in ihrer Nähe. Die Katzen mussten direkt vor ihr sein, unsichtbar in den Schatten, aber dicht genug, um ihren Geruch aufzufangen. Sie erkannte Efeusee, die gerade zur Kriegerin ernannt worden war, und Graustreifs Tochter Blumenfall. Distelblatt kauerte sich in eine Nische in der Tunnelwand und lauschte.

»Ich wünschte, ich hätte diesen Kater nach seinem Namen gefragt«, flüsterte Efeusee, »dann hätten wir ihn rufen können.« Es gab eine Pause, bevor sie hinzufügte: »Aber vermutlich wäre er sowieso nicht gekommen.«

Damit meinen sie sicher Fallendes Blatt!

Ein leises, scharrendes Geräusch ließ vermuten, dass eine

der Katzen zu Boden gesunken war. »Es tut mir leid«, flüsterte Blumenfall und klang atemlos und verängstigt. »Das ist alles nur meine Schuld. Ich wollte unbedingt hier runter.«

»Ich hätte dich ja davon abhalten können«, widersprach Efeusee.

»Wie denn? Indem du dich an meinen Schwanz hängst?«

Distelblatt bewunderte Blumenfalls Mut. Sie fragte sich, wie die Katzen den Eingang zu den Tunneln gefunden hatten. Für einen Moment war die Sehnsucht, sich zu erkennen zu geben und wieder zu ihren Clan-Gefährten zurückzukehren, so stark, dass ihre Beine zitterten.

Nein! Du bist freiwillig gegangen! Es gibt keinen Weg zurück, jetzt nicht mehr.

Aber deshalb konnte sie ihnen trotzdem helfen, den Weg nach draußen zu finden. Einer Katze waren sie hier unten schon begegnet, und wenn Distelblatt ihnen nicht zu nahe kam, würden sie annehmen, dass die Katze ein zweites Mal gekommen war, um ihnen zu helfen. Distelblatt reckte den Hals aus ihrem Versteck und rief leise: »Kommt jetzt! Worauf wartet ihr noch?«

Beide Katzen zuckten so erschrocken zusammen, dass die Luft vor Spannung knisterte. Distelblatt wusste, dass Efeusee hinter sich in den Tunnel blickte, aber in den tiefen Schatten musste ihr dunkler Pelz unsichtbar sein.

»Ihr wollt doch hier raus, oder?«, fragte sie eindringlich. »Ihr wisst, dass ihr hier nichts verloren habt.«

»Oh ja – bitte hilf uns!«, bettelte Blumenfall.

»Also gut. Dann folgt mir.« Distelblatt drehte sich um und rannte durch den Tunnel. Sie lauschte auf die trappelnden Pfoten hinter ihr, die ihr verrieten, wann sie schneller laufen musste, um nicht gesehen zu werden, und wann langsamer, damit ihr die beiden folgen konnten.

Sie führte sie absichtlich nicht auf dem direkten Weg zurück, wählte Seitentunnel und überquerte einen anderen Tunnel, in dem sie bereits gewesen waren, um die Katzen zu verwirren, damit sie niemals wiederkamen. Eine von beiden – Distelblatt nahm an, dass es Blumenfall war – wurde immer langsamer und atmete schwer.

»Ist es noch weit?«, rief Efeusee.

Distelblatt antwortete nicht. Hinter der nächsten Kurve führte der Tunnel steil aufwärts zu einem alten, längst verlassenen Fuchsloch, das in einen entlegenen Teil des DonnerClan-Territoriums endete. Im Tunnel würde sich Distelblatt nirgends verstecken können, und so musste sie riskieren, vor den Katzen ins Freie zu treten und schnellstens im Unterholz Deckung zu suchen. Sie rannte die letzten Schwanzlängen bis zum Ausgang, schoss über die kleine Lichtung und tauchte im Farn unter. Dort wartete sie mit klopfendem Herzen, bis die beiden Katzen herausgetaumelt kamen.

Efeusee blieb stehen und sah sich um. »Wo ist sie hin?«, miaute sie.

Blumenfall schien zu erschöpft, um zu antworten. Sie schleppte sich zum nächsten Sonnenfleck und brach zusammen.

Mit äußerster Vorsicht zog sich Distelblatt tiefer in den Farn zurück. Sie erstarrte, als Efeusee mit den Ohren zuckte und genau in ihre Richtung blickte.

»Danke!«, rief Efeusee.

Für meine Clan-Gefährten tu ich alles, antwortete Distelblatt lautlos.

Distelblatt kehrte viele Monde lang nicht zu ihrem alten Zuhause zurück. Sie wusste, dass sie Fallendes Blatt mit ihren ständigen Ausflügen zum Felsenkessel gekränkt hatte, und das hatte er nicht verdient. Sie verbrachten die Tage gemeinsam in den Tunneln, wo sie nach unsichtbaren Feinden Ausschau hielten oder am Fluss lagen und warteten, bis kleine Fische vorbeischwammen. Sie sprachen nur noch selten über ihre jeweilige Vergangenheit und auch nicht über die Zukunft. Distelblatt redete sich ein, dass sie sich inzwischen wohler fühlten, wenn sie schwiegen, wie zwei Älteste, die ein ruhiges, entspanntes Leben genossen. Sie ging immer noch zum Jagen in den Wald, wenn sie die Fische satthatte, aber Fallendes Blatt beobachtete sie nicht mehr vom Tunneleingang aus und sagte auch nichts, wenn sie bei ihrer Rückkehr nach Blut und Federn roch. Distelblatt versuchte nie wieder, etwas für ihn zu fangen, denn er hatte das halbe Eichhörnchen nicht angerührt, das sie für ihn in der Nacht zurückgelassen hatte, als sich Efeusee und Blumenfall in den Tunneln verlaufen hatten. Fallendes Blatt wirkte weder hungrig noch geschwächt, also aß er offensichtlich lieber allein. Auch das zeigte, dass er wohl keine Clan-Katze war. Andererseits hatte Distelblatt ihr Leben als Kriegerin ja auch hinter sich gelassen, also was bedeutete das schon? Fallendes Blatt und sie hatten mehr gemeinsam als das steinerne Dach über ihren Köpfen.

Die Blattleere musste der beharrlichen Blattfrische mit ihrer Wärme weichen, und dann hielt die Blattgrüne in den Wäldern Einzug, wo sie üppige Gerüche und verführerische Beutedüfte hinterließ. Distelblatt blieb immer länger im Freien. Bei all den Wohlgerüchen zitterten ihre Schnurrhaare, wenn sie durchs Unterholz rannte oder auf einer Wiese lag und sich von der Sonne den Pelz wärmen ließ. Die Tage wurden heißer und weckten in ihr die Sehnsucht, am See entlangzulaufen und die Wellen über ihre Pfoten schwappen zu lassen. Am liebsten hielt sie sich jetzt an den Hängen unterhalb des Hügelkamms auf, wo eine kühle Brise wehte, bis sie eines Tages zu dicht bei der WindClan-Grenze umherstreifte und beinahe einer WindClan-Patrouille vor die Pfoten gelaufen wäre. Sie sauste den Hügel hinab und schlüpfte schwer atmend vor Angst in den Wald.

Als sich ihr Herz beruhigt hatte, schlich sie durch die Schatten zurück zum Waldtunnel, um nicht entdeckt zu werden, falls WindClan-Krieger in ihrem Territorium nach der Fremden suchen sollten. Distelblatt hoffte, dass sie nicht auf die Idee kamen, dem DonnerClan einen unerlaubten Grenzübertritt vorzuwerfen. Seit sich die Clans am See niedergelassen hatten, war es immer wieder zu Auseinandersetzungen zwischen WindClan und DonnerClan gekommen, dabei erzählten die Ältesten, dass Feuerstern und Kurzstern in früheren Zeiten über die Clan-Grenzen hinaus gute Freunde gewesen waren. Distelblatt hätte gern gewusst, wie die DonnerClan-Katzen mit der sengenden Hitze zurechtkamen. Ob die Schüler wohl zu permanenten Moospatrouillen eingeteilt worden waren, um Wasser vom See zu holen? Hatte Brombeerkralle Dämmerjagd-Patrouillen angeordnet, um die schlimmste Hitze zu meiden?

Der Waldtunnel tauchte vor ihr auf, aber Distelblatt blieb stehen. Heißer als die Sonne brannte ihr Verlangen, nach den Clan-Gefährten zu sehen. Sie zögerte nur kurz, dann bog sie vor dem Tunneleingang ab und lief den Hang hinauf. Bis nach oben auf den Kamm und auch dahinter bis hinab zur Donner-

Clan-Grenze würden ihr die Bäume Deckung bieten. Distelblatt hätte die Grenze fast übersehen, aber dann entdeckte sie eine schwache Geruchsmarke an einem moosbedeckten Baumstumpf. In der Sonne trockneten die Markierungen schnell aus und mussten mehr als einmal täglich erneuert werden. Vorsichtig schlich sie durch den Farn zur Grenze.

Ein schwacher, verführerischer Beuteduft wehte auf sie zu. Distelblatt teilte die Wedel mit einer Pfote und sah verschwommen die braunen Konturen eines Kaninchens vor sich, das an einem grünen Pflanzenbüschel knabberte. Distelblatt lief das Wasser im Mund zusammen, aber sie wusste, dass sie hier auf keinen Fall jagen durfte. Sie wollte sich gerade abwenden und den wohlgenährten Schmaus der nächsten Patrouille überlassen, als ihr der Geruch der Pflanze in die Nase stieg, an der das Kaninchen knabberte. *Ringelblume!* Kostbar, um Wunden zu heilen und Kratzer vor Infektionen zu schützen, dazu selten zu finden so dicht beim Felsenkessel. Distelblatt durfte die Ausbeute nicht einfach dem Kaninchen überlassen. Fauchend und zähnefletschend schoss sie los. Das Kaninchen erstarrte, dann hoppelte es davon und alarmierte mit seiner auf und ab hüpfenden weißen Blume den Wald.

Distelblatt bezwang ihren Jagdinstinkt und konzentrierte sich auf die Ringelblumen, die beinahe restlos bis zu den Wurzeln abgeknabbert waren. Distelblatt konnte nicht bleiben, um die Pflanzen zu bewachen, doch das Kaninchen würde zurückkehren und die Reste verzehren, sobald sie gegangen war. Irgendwie musste sie die letzten Stängel in Sicherheit bringen. Sie ließ den Blick schweifen und entdeckte an einem Baum in ihrer Nähe eine Astgabel mit einer tiefen Kuhle, die für ein Kaninchen unerreichbar hoch über dem Boden lag, für eine

Katze aber nicht zu übersehen war. Schnell biss sie die letzten Blüten möglichst knapp über der Erde ab, kletterte mit den saftigen Stielen im Maul auf den Baum und legte die Blumen in die Mulde.

Sie kniff die Augen zu und dachte nach. In der Sonne würden die Pflanzen schnell welken. Wenn sie frisch bleiben sollten, brauchten sie Wasser. Distelblatt sprang vom Baum, hielt einen Moment lauschend inne, ob Patrouillen in der Nähe waren, und lief dann durch den Wald zur WindClan-Grenze. Dort tränkte sie ein Moosbüschel im Bach und trug es vorsichtig zurück zu den Ringelblumen.

Als sie wieder den Stamm hinaufkletterte, tropfte ihr das Wasser auf Brust und Bauch. Erschrocken schnappte sie nach Luft. Das Moos blieb dennoch nass genug, um in der Mulde eine kleine Pfütze zu hinterlassen, in der die Ringelblumen frisch bleiben würden, bis Blattsee oder Häherfeder auf der Suche nach Kräutern vorbeikämen.

Distelblatt sprang zum Boden, versicherte sich noch einmal, ob die Ringelblumen in ihrem Versteck wirklich gut untergebracht waren, und rannte dann zum Tunnel zurück. Auch wenn sie nicht mehr zum DonnerClan gehörte, würde sie helfen, wo es ging.

In der Nacht konnte Distelblatt nicht schlafen, weil sie immer an die Ringelblumen dachte. Hatte Blattsee den Vorrat gefunden? Würde der Clan die übrigen Pflanzen vor dem Kaninchen schützen können? Zwei sorgenvolle Sonnenaufgänge später beschloss sie, zurückzukehren und nachzusehen, ob die Pflanzen aus der Astgabel verschwunden waren. Zitternd vor Aufregung rannte sie durch den Waldtunnel. Die üppig grünen Bäume vor dem Eingang lagen still und reglos da, nur ein leiser Windhauch regte sich. Distelblatt mied die Pfade und kämpfte sich durch den Farn zu der Lichtung mit den Ringelblumen. Plötzlich hörte sie junge, aufgeregte Stimmen in der Nähe.

»Guck mal, was ich kann, Maulwurfpfote!«

Distelblatt tappte zum Rand der brüchigen Farnwedel und spähte hindurch. Eine kleine rote Kätzin duckte sich mit steil hochgerecktem Schwanz.

»Ich greife jetzt diesen Stock an!«, verkündete sie.

»Denk dran, dass du ein Auge schließen musst, Kirschpfote«, miaute der braun-cremefarbene Kater. »Lichtherz hat gesagt, wir sollen alle Techniken so üben.«

Distelblatt schnurrte leise. Sie erinnerte sich an ihr eigenes Training mit Lichtherz, die ihre speziellen Techniken zeigte, mit denen sie das fehlende Blickfeld auf einer Seite ausglich. Sie musterte Kirschpfotes Haltung. Die Schülerin war gar nicht so schlecht, allerdings würde sie das Gewicht auf die Seite mit dem gesunden Auge verlagern müssen, um sich besser auszubalancieren.

Dann begann Distelblatts Nase plötzlich zu zucken. Über dem Waldgeruch und dem der jungen Schüler wehte etwas Fremdes auf sie zu. Ein Geruch, bei dem sich Distelblatts Pelz sträubte und sie die Krallen ausfahren ließ: Fuchs! Bevor sie eine Warnung rufen konnte, schoss ein großes, rotbraunes Wesen aus den Bäumen und auf die Schüler zu. Distelblatt wollte gerade losspringen, aber Lichtherz, Fuchssprung und Rosenblatt kamen bereits von der anderen Seite auf die Lichtung gesaust.

Mit gefletschten Zähnen stürzten sich die drei Krieger auf den Fuchs. »Verschwinde von hier!«, jaulte Rosenblatt.

Der Fuchs riss den Kopf hoch, seine Augen weiteten sich vor Schreck. Er schnappte nach Fuchssprung, der ihm am nächsten war, aber der orangefarbene Krieger duckte sich weg, griff den Fuchs von hinten an und zog ihm die Krallen über die Flanke. Lichtherz packte das Ohr des Fuchses mit den Zähnen und ließ nicht mehr los. Rosenblatt drosch mit wirbelnden Pfoten auf seine Schnauze ein, leuchtend rote Tropfen spritzten ins Gras. Anfangs wehrte sich der Fuchs, dann wirbelte er herum, schleuderte Lichtherz von sich in den Farn und rannte in den Wald. Jaulend nahmen die Krieger die Verfolgung auf.

Distelblatt blieb, wo sie war, und wagte kaum zu atmen. Während des Kampfes war der Farn platt gedrückt worden und es gab nur noch wenige Wedel, hinter denen sie Deckung finden konnte. Kirschpfote und Maulwurfpfote hatten am anderen Ende der Lichtung unter einem Brombeergestrüpp Schutz gesucht. Distelblatt konnte sie sehen, ein zusammengekauertes, dreifarbiges Bündel. Dort waren sie sicher. Doch Distelblatt musste hier weg, bevor die Krieger zurückkehrten und ihren Geruch neben dem des Fuchses bemerkten.

Sie wollte gerade gehen, da raschelten die Farnwedel und der Fuchs sprang wieder auf die Lichtung. Speichel tropfte aus seinem Maul und seine gelben Augen funkelten wütend und entschlossen. Distelblatt starrte ihn entsetzt an. Er musste seinen Verfolgern entkommen sein und war umgekehrt! Mit gesenktem Kopf schnupperte der Fuchs im Gras, wo die Schüler trainiert hatten. Dann fiel sein Blick auf den Brombeerbusch und er legte die Ohren an. Ein leises Winseln erhob sich zwischen den Dornen und brach ab. Kirschpfote hatte wohl gewimmert, bis sie von Maulwurfpfote zum Schweigen gebracht worden war. Distelblatt spannte die Muskeln an und sprang aus ihrem Versteck. »Lass die Jungen in Ruhe!«, fauchte sie. »Sonst kriegst du es mit mir zu tun!« Sie erhob sich auf die Hinterpfoten und zog ihrem Widersacher die Krallen über die blutige Schnauze.

Der Fuchs funkelte sie an, knurrte und entblößte seine scharfen, fleckigen Zähne. Distelblatt hielt ihm stand. »Verschwinde!«, fauchte sie mit der geballten Wut einer Clan-Königin, die ihre Jungen verteidigt.

In der Ferne hörte sie die Krieger zurückkehren, die laut miauend durch den Wald sprangen. Der Fuchs wich seitwärts aus, dann drehte er sich um und floh. Distelblatt folgte ihm und ihre Ohren summten vor Erleichterung. Sie verschwand im Unterholz und rannte weiter, ein Ohr nach hinten gelegt, damit sie hören konnte, ob ihr jemand folgte. Aber die Krieger waren bei Kirschpfote und Maulwurfpfote geblieben und ließen den Fuchs laufen. Für einen Moment fragte sich Distelblatt, wie viel Kirschpfote und Maulwurfpfote von ihrem Versteck aus gesehen hatten. Würden sie ihren Clan-Gefährten von der fremden Katze berichten, die den Fuchs verjagt hatte? Distelblatt wusste, dass sie viel riskiert hatte, aber was hätte sie sonst tun sollen? Sie hatte diesen jungen Katzen das Leben gerettet, alles andere zählte nicht.

10. KAPITEL

DISTELBLATT GAB DEN Versuch auf, wieder einzuschlafen, und erhob sich aus dem zerdrückten Federpolster. Sie konnte sich nicht erinnern, wann sie zum letzten Mal ihre Augen abends geschlossen und erst am Morgen wieder aufgemacht hatte. Vorhin war sie kurz eingedöst und hatte geträumt, sie wäre in den Felsenkessel zurückgekehrt, würde ihre Clan-Gefährten gegen Füchse verteidigen, Kräuter sammeln und den Jungen beim Spielen in der Sonne zuschauen. Wenige Augenblicke später war sie einsam in der Finsternis aus dem Schlaf geschreckt und hatte leidvoll erkennen müssen, dass diese Erinnerungen sie niemals loslassen würden.

Erfüllt von einem seltsamen Gefühl der Ruhe tappte sie durch den Tunnel bis zur Flusshöhle. In der Höhle saß Fallendes Blatt auf seinem gewohnten Platz am Wasser. Distelblatt setzte sich neben ihn und wartete darauf, dass er sie ansah. »Es tut mir leid«, hob sie an. »Ich werde dir nie vergessen, dass du mir das Leben gerettet und mich aufgenommen hast, als ich glaubte, alles verloren zu haben. Du warst ein wahrer Freund und dafür werde ich dir ewig dankbar sein. Und dennoch gehöre ich nicht hierher.«

»Ich weiß«, miaute Fallendes Blatt. »Ich habe immer gehofft, du würdest bleiben. Ich … ich war so lange allein in meinem Zuhause. Aber dein Clan braucht dich mehr als ich. Das hast du inzwischen selbst gemerkt.«

Distelblatt nickte und senkte den Blick. »Und ich brauche sie ebenso. Aber ich weiß nicht, wie ich zu ihnen zurückkehren soll! Es ist so viel passiert!«

»Wenn der Zeitpunkt gekommen ist, wirst du es merken«, flüsterte Fallendes Blatt. Als Distelblatt den Kopf hob, war er verschwunden und sie saß allein am plätschernden Wasser.

Ein Mond verging und Distelblatts Rastlosigkeit wurde immer schlimmer. Jeden Tag schlich sie vor Sonnenaufgang ins DonnerClan-Territorium, wagte aber nicht, sich im Felsenkessel zu erkennen zu geben. Weder wusste sie, was sie sagen sollte, noch ahnte sie, wie die Katzen reagieren würden. In der Nacht des vollen Mondes kletterte sie zum Bergkamm hinauf, blickte auf die Insel im See hinab und dachte daran, dass sich die vier Clans jetzt dort versammelten. Erinnerten sie sich überhaupt noch an sie?

Plötzlich von Zweifeln geplagt, kehrte Distelblatt in die Tunnel zurück und rollte sich in ihrem Nest zusammen, wo sie von einer Großen Versammlung träumte. Höhnische Katzen scharten sich verächtlich um sie und wollten wissen, warum sie, eine Einzelläuferin, die Clans bat, sie wiederaufzunehmen. Panisch und zitternd wachte Distelblatt auf. War sie denn keine Kriegerin mehr?

Anschließend verließ sie die Tunnel mehrere Sonnenaufgänge lang nicht, aß Fisch und patrouillierte über die endlosen Steinwege, bis ihre Pfoten rau waren wie Baumrinde. Fallendes Blatt hatte gesagt, dass sie merken würde, wann der richtige Zeitpunkt für ihre Rückkehr gekommen war. Sie hoffte, dass er sich nicht geirrt und sie den Moment nicht bereits verpasst hatte.

Sie beendete gerade eine späte Fischmahlzeit, als sie hinter sich leise Pfotenschritte hörte. Sie drehte sich um und sah, dass Fallendes Blatt die Flusshöhle betrat. Distelblatt hatte ihn eine Weile nicht gesehen und sprang erfreut auf die Pfoten. »He! Wo bist du gewesen?«

Fallendes Blatt reckte den Schwanz in die Luft und bedeutete ihr, leise zu sein. »Da sind Katzen in den Tunneln. Es ist irgendwas passiert.« Er wirbelte herum und lief in den Tunnel, der zum Moor führte.

Distelblatt rannte schnell hinter ihm her. Kaum hatten sie das schwache Licht der Flusshöhle hinter sich gelassen, als sie auch schon Stimmen durch die Dunkelheit hallen hörten. Diesmal waren es keine DonnerClan-, sondern WindClan-Katzen – und da war noch eine Stimme, die ihr bekannt vorkam. Sie gehörte zu einem Kater, der lauter sprach als die anderen mit einer tiefen Stimme, die wie Donner zwischen den Steinwänden hallte.

Sol! Distelblatt erinnerte sich sofort an die braun- und schildpattfarbene Katze, die so viele Schwierigkeiten gemacht hatte. Erst hatte er vorhergesagt, dass die Sonne verschwinden werde, und anschließend Schwarzstern überredet, sich von seinen Kriegerahnen abzuwenden. *Was will der schon wieder hier?*

Fallendes Blatt war vor ihr im Tunnel stehen geblieben. Das Gespräch war deutlich zu verstehen.

»Das ist eure Chance, wahren Ruhm zu erlangen!«, sagte Sol. »Kurzstern will zwar Frieden, aber das ist nur ein Zeichen von Schwäche! Wenn ihr aus den Tunneln ins DonnerClan-

Territorium eindringt und sie angreift, werdet ihr leichtes Spiel mit diesen mäusefressenden Idioten haben!«

»Sol hat recht!«, rief eine andere Katze. Es war Eulenbart, wie Distelblatt an der Stimme erkannte. »Wir haben zu lange auf Kurzstern gehört. Jetzt sollte er uns kämpfen lassen, damit wir den DonnerClan-Katzen zeigen können, dass wir stärker sind, als sie glauben!«

Ein Chor aus Jubelrufen wurde laut. Distelblatt sträubte sich der Pelz. Ihre Clan-Gefährten sollten angegriffen werden! Das durfte sie nicht zulassen! Fallendes Blatt an ihrer Seite erstarrte. »Hier unten sind noch mehr Katzen«, hauchte er Distelblatt ins Ohr.

Sehr vorsichtig drehte sie sich um und prüfte die Luft. In einem Seitengang, gleich hinter der Kurve, standen zwei DonnerClan-Katzen. Distelblatt sog noch einmal die Luft ein, dann wusste sie, wer sie waren: Efeusee und ihre Schwester Taubenflug. Sie tappte in ihre Richtung, blieb dann aber stehen, als sie das Fauchen einiger WindClan-Katzen hörte.

»Was war das für ein Geräusch?«, knurrte ein Krieger.

Fallendes Blatt legte Distelblatt die Schnauze direkt ans Ohr. »Du musst sie hier rausbringen. Dein Clan braucht dich jetzt. Wenn der WindClan durch die Tunnel euer Territorium angreifen will, bist du die einzige Katze, die ihnen helfen kann.«

Distelblatt sah ihren Freund an. »Es ist so weit, nicht wahr?«, miaute sie leise.

Fallendes Blatt nickte. »Leb wohl«, flüsterte er. »Ich werde dich nie vergessen, Distelblatt.«

Plötzlich war da ein klapperndes Geräusch im Seitentunnel, nur ein kleines Steinchen, das unter einer Pfote weggerutscht war, aber das Echo wurde durch die Steinwände verstärkt, bis es laut wie Donner hallte.

»Was war das?«, knurrte Eulenbart. »Wer ist da? Werden wir von einer Katze belauscht?«

Lautlos schlich Distelblatt auf ihre Clan-Gefährten zu, die sich in den tiefen Schatten versteckten.

»Bring uns hier raus!«, hörte sie Efeusee flüstern.

»Ich bin den Stimmen hierher gefolgt«, antwortete Taubenflug. »Ich bin mir nicht sicher, ob ich den Rückweg finde.«

Distelblatt hörte, dass sich die WindClan-Katzen hinter ihr in Bewegung setzten. Offensichtlich kamen gleich mehrere, um nachzusehen.

Efeusee hatte sie auch gehört. »Sie suchen uns! Wir müssen weg!«

Es blieb nicht genug Zeit, um die Katzen im Schutz der Finsternis nach draußen zu führen. Distelblatt musste sich ihnen zeigen und sie davon überzeugen, dass sie ihr trauen konnten. Sie holte tief Luft. All die Monde im Verborgenen, in denen sie so gern vergessen hätte, dass sie je einem Clan angehört hatte, schienen in einem einzigen Herzschlag wie ausgelöscht. Das Blut einer Kriegerin floss durch ihre Adern. Es gab nichts Wichtigeres als die Treue zu ihrem Clan.

Sie betrat den Seitentunnel und spürte, wie die Luft knisterte, als Taubenflug und Efeusee kampfbereit alle Muskeln anspannten.

»Folgt mir!«, befahl sie. »Schnell!«

»Ganz bestimmt nicht!«, fauchte Efeusee. »Vielleicht bist du eine von ihnen.«

»Bin ich nicht«, miaute Distelblatt und versuchte, den Anflug von Ärger in ihrer Stimme zu unterdrücken.

»Beweise es«, forderte Taubenflug.

»Das dürfte eigentlich nicht nötig sein.« Distelblatt wurde allmählich ungeduldig. *Kennen diese Katzen denn keinen DonnerClan-Geruch? Nicht einmal dann, wenn sie ihn direkt vor der Nase haben?* »Beim SternenClan, los jetzt!«

Im Sternenlicht, das schwach aus der Flusshöhle hereinschimmerte, sah Distelblatt, wie Efeusee die Augen aufriss und ihre Schwester ansah. »SternenClan?«, wiederholte Efeusee. »Bist du ...?«

»Wollt ihr jetzt hier raus oder nicht?«, fiel ihr Distelblatt ins Wort.

»Doch, das wollen wir«, blaffte Efeusee zurück. »Aber woher sollen wir wissen, dass du uns nicht tiefer hineinführst?«

Distelblatt fauchte verzweifelt. Hätten die Fragen nicht noch Zeit gehabt? Und doch war es wohl nicht verwunderlich, dass diese jungen Katzen nicht einmal ahnten, wer sie war. Sie war so lange weggewesen, dass sie vielen ihrer Clan-Gefährten inzwischen fremd sein musste.

»Weil ich eine DonnerClan-Katze bin wie ihr«, miaute sie und erhob ihre Stimme über das laute Klopfen ihres Herzens hinweg. »Mein Name ist Distelblatt.«

Zweibeinernest
Zweibeinerlichtung
Zweibeinerweg
Zweibeinerweg
Lichtung
SchattenClan-Lager
Halbbrücke
Kleiner Donnerweg
Monsternest
Halbbrücke
Insel
Bach
FlussClan-Lager

Verlassenes Zweibeinernest
Alter Donnerweg
Mondsee
DonnerClan-Lager
Himmelseiche
See
WindClan Lager
Verfallene Halbbrücke
Zweibeinerort
Pferdeort
Donnerweg
DonnerClan
FlussClan
SchattenClan
WindClan
SternenClan

ERIN HUNTER

WARRIOR CATS

LESEPROBE
SPECIAL ADVENTURE
GELBZAHNS GEHEIMNIS

Leseprobe

WARRIOR CATS

Special Adventure

Gelbzahns Geheimnis

SCHATTENCLAN-KRIEGER, ZUM ANGRIFF!«

Gelbjunges schoss aus der Kinderstube und preschte durch das SchattenClan-Lager. Ihre Geschwister Nussjunges und Eschenjunges rannten hinter ihr her.

Nussjunges stürzte sich auf einen Kiefernzapfen, der am Fuß einer der Bäume lag, die über die Lichtung ragten. »Ein WindClan-Krieger!«, quiekte er und schlug mit seinen braunen Pfoten darauf ein. »Verschwinde aus unserem Territorium!«

»Ihr Kaninchenjäger!« Eschenjunges spannte knurrend die Krallen an. »Beutediebe!«

Gelbjunges sprang auf eine herabhängende Ranke der Brombeerbüsche, die das Lager umgaben; ihre Krallen verfingen sich darin, sie verlor das Gleichgewicht und rollte in einem Wirbel von Beinen und Schwanz auf den Rücken. Sie rappelte sich auf die Pfoten und kauerte sich mit gebleckten Zähnen knurrend vor die Brombeeren. »Du willst mich wohl zum Stolpern bringen, was?«, kreischte sie und fetzte mit den Krallen über die Blätter. »Das ist meine Antwort!«

Nussjunges suchte mit zusammengekniffenen bernsteinfarbenen Augen die Lichtung ab. »Kannst du noch weitere WindClan-Krieger auf unserem Territorium sehen?«, fragte er.

Gelbjunges entdeckte eine Gruppe von Ältesten, die sich

auf einem Sonnenfleck die Zungen gaben. »Ja! Dort drüben!«, jaulte sie.

Nussjunges und Eschenjunges folgten ihr und preschten über die harte, braune Erde. Vor den Ältesten hielten sie rutschend an.

»WindClan-Krieger!«, begann Gelbjunges und versuchte dabei so würdevoll wie ihr Clan-Anführer Zedernstern zu klingen. »Gebt ihr zu, dass der SchattenClan der beste von allen Clans ist? Oder müssen wir euch erst mit Krallen in eurem Fell überzeugen?«

Kleinvogel, deren goldenes Fell im warmen Sonnenlicht glänzte, setzte sich auf und blickte die anderen Ältesten amüsiert an. »Nein, ihr seid viel zu wild für uns«, miaute sie. »Wir wollen nicht kämpfen.«

»Versprecht ihr, dass ihr unsere Krieger euer Territorium überqueren lasst, wann immer sie wollen?«, knurrte Eschenjunges.

»Das versprechen wir.« Silberflamme, die Mutter von Gelbjunges' Mutter Glanzblüte, presste sich an den Boden und blinzelte ängstlich zu den Jungen hoch.

Echsenzahn drückte sich von den drei Jungen weg und schlurfte dabei mit seinen mageren, braunen Gliedern. »Der SchattenClan ist viel stärker als wir.«

»Ja!« Gelbjunges machte einen Luftsprung. »Der SchattenClan ist der beste!« In ihrer Aufregung sprang sie auf Nussjunges drauf und rollte in einem Knoten aus grauem und braunem Fell mit ihm davon.

Ich werde die beste Kriegerin im besten Clan des Waldes sein!, dachte sie begeistert.

Sie löste sich von Nussjunges und rappelte sich auf die

Pfoten. »Jetzt bist du ein WindClan-Krieger«, drängte sie ihn. »Ich kenne ein paar fürchterliche Kampfzüge!«

»Kampfzüge?«, unterbrach sie eine verächtliche Stimme. »Du? Du bist nur ein Junges!«

Gelbjunges wirbelte herum und sah Fetzenjunges und seinen Bruder Brandjunges ein paar Schwanzlängen entfernt von ihr stehen.

»Und was bist du?«, fragte sie den großen, dunkel gestreiften Kater. »Du und Brandjunges, ihr wart auch noch Junge, als ich euch das letzte Mal gesehen habe.«

»Aber wir werden bald Schüler sein«, entgegnete Fetzenjunges. »Und es wird noch Monde über Monde dauern, bis ihr euer Training aufnehmt.«

»Genau!« Brandjunges leckte eine goldene Pfote und wischte sich damit übers Ohr. »Bis dahin sind wir Krieger.«

»Nur in euren Träumen!« Eschenjunges kam angesprungen und stellte sich neben Gelbjunges, während Nussjunges auf ihrer anderen Seite stand. »Es gibt Kaninchen, die bessere Krieger abgeben als ihr beiden.«

Brandjunges bückte sich mit angespannten Muskeln, um sie anzuspringen, aber Fetzenjunges hielt ihn mit dem Schwanz zurück. »Das lohnt sich doch nicht«, miaute er hochmütig. »Kommt mit, ihr Knirpse, seht uns zu, und wir zeigen euch ein paar richtige Kampfzüge.«

»Ihr seid nicht unsere Mentoren!«, blaffte Nussjunges. »Alles, was ihr könnt, ist, unser Spiel zu stören.«

»Euer Spiel!« Fetzenjunges rollte mit den Augen. »Als ob ihr nicht schreiend in die Kinderstube rennen würdet, wenn der WindClan wirklich unser Lager angreift.«

»Würden wir nicht!«, rief Eschenjunges.

Fetzenjunges und Brandjunges ignorierten sie und wandten den Jüngeren den Rücken zu. »Du greifst mich zuerst an!«, befahl Brandjunges seinem Bruder. Fetzenjunges rannte an seinem Wurfgefährten vorbei und zielte einen Hieb auf Brandjunges' Ohr. Der schwang beiseite und stürzte sich auf Fetzenjunges' Schwanz. Sofort rollte Fetzenjunges sich auf den Rücken, alle vier Pfoten bereit, sich zu verteidigen.

So ärgerlich Gelbjunges auch war, sie konnte doch nicht umhin, die älteren Kater zu bewundern. Es juckte ihr in den Pfoten, ihre Kampfzüge auszuprobieren, aber sie wusste, sie und ihre Geschwister würden nur ausgelacht, wenn sie es versuchten.

»Komm mit!« Nussjunges stupste sie an. »Lass uns nachschauen, ob es Mäuse in den Brombeerbüschen gibt.«

»Du würdest keine erwischen, selbst wenn da welche sind«, miaute Fetzenjunges; er erhob sich auf die Pfoten und schüttelte sich Schmutz aus dem Fell.

»Ich hab nicht mit dir geredet.« Nussjunges sträubte sich das Fell und er bleckte die winzigen, nadelspitzen Zähne. »Du Hauskätzchen!«

Für einen Augenblick erstarrten alle fünf Junge. Gelbjunges konnte ihr Herz hämmern hören. Wie ihre Wurfgefährten hatte sie den Ältesten zugehört, als diese überlegten, wer wohl der Vater von Fetzenjunges und Brandjunges sei, und sich fragten, ob es wahr sein könnte, dass der Gefährte ihrer Mutter Federsturm ein Hauskätzchen gewesen wäre. Die junge Kätzin war oft in den Zweibeinerort gewandert und sie hatte nie einem Kater im Clan erkennbar nahegestanden. Aber Gelbjunges wusste auch, dass das etwas war, was man unter keinen Umständen jemals laut aussprechen durfte.

Fetzenjunges trat langsam ein Stück näher an Nussjunges heran; er war vor Wut ganz steif. »*Wie* hast du mich genannt?«, knurrte er mit gefährlich ruhiger Stimme.

Nussjunges' Augen waren aufgerissen und voller Angst, aber er zog sich nicht zurück. »Ein Hauskätzchen!«, wiederholte er.

Ein tiefes Grollen kam aus Fetzenjunges' Kehle. Brandjunges' Blick wurde dunkel und er fuhr die Krallen ein und aus. Keiner von den beiden sah auch nur entfernt wie ein weiches, flauschiges Hauskätzchen aus. Gelbjunges spannte sich an, bereit, ihren Bruder zu verteidigen.

»Nussjunges!«

Beim Klang der Stimme ihrer Mutter drehte sich Gelbjunges um. Glanzblüte stand neben dem Dornengebüsch, das die Senke mit der Kinderstube abdeckte. Ihr oranger Schwanz zuckte vor Ärger.

»Nussjunges, wenn du nicht vernünftig spielen kannst, solltest du besser hierher zurückkommen. Ihr auch, Gelbjunges und Eschenjunges. Ich erlaube es nicht, dass ihr kämpft.«

»Das ist nicht fair«, murmelte Nussjunges, während alle drei Geschwister sich langsam zur Kinderstube aufmachten. Er scharrte mit den Pfoten durch die Kiefernnadeln auf dem Boden. »Sie haben angefangen.«

»Sie sind bloß dumme Hauskätzchen«, flüsterte Eschenjunges.

Sie erreichten den Dornbusch, und Gelbjunges konnte nicht widerstehen, über die Schulter zurückzublicken. Fetzenjunges und Brandjunges standen mitten auf der Lichtung und warfen ihnen funkelnde Blicke nach. Die Stärke von Fetzenjunges' Wut ängstigte und faszinierte sie gleichermaßen. Dahinter spürte sie noch etwas anderes: einen schwarzen Raum, der von ängstlichen Fragen widerhallte. Sie dachte an ihren eigenen Vater, Farnfuß, der Geschichten erzählte von Patrouillen, vom Jagen und von Großen Versammlungen beim Baumgeviert, der seine Jungen über sich klettern ließ und so tat, als wäre er ein Fuchs, damit sie ihn angreifen konnten. Gelbjunges liebte ihn und wollte so sein wie er.

Wie muss es sein, nicht zu wissen, wer sein Vater ist? Besonders, wenn alle Katzen denken, er wäre ein Hauskätzchen?

Dann merkte Gelbjunges, dass Fetzenjunges und sie sich in die Augen blickten. Mit einem erschrockenen Quieken duckte sie sich unter die Zweige und taumelte hinter ihren Geschwistern hinab in die Kinderstube.

2. KAPITEL

MIR IST LANGWEILIG«, beklagte sich Nussjunges. »Kommt mit, wir können im Kriegerbau spielen.«

Gelbjunges blinzelte ihn an. »Bist du mäusehirnig? Die Krieger werden dir das Fell abziehen.«

Drei Sonnenaufgänge waren vergangen seit dem Streit mit Fetzenjunges und Brandjunges. Gelbjunges fühlte sich immer noch unwohl in ihrer Gegenwart und versuchte, ihnen im Lager aus dem Weg zu gehen.

»Du bist selbst eine ängstliche Maus!«, zog Nussjunges sie auf. »Komm schon – wirf einen Blick unter den Busch. Ich wette, du traust dich nicht!«

Ich kann mich jetzt nicht weigern, dachte Gelbjunges. Sie nahm sich zusammen, während sie über die Lichtung zum dichten Brombeergebüsch schaute, unter dem die Krieger schliefen. Wie alle Baue des SchattenClans lag auch ihrer in einer flachen Senke im Boden, geschützt von dicht verfilzten Dornen und umschlossen von Brombeerranken. Die Baue bildeten unterhalb von Kiefern einen Kreis um eine Lichtung. Der Eingang ins Lager befand sich am einen Ende der Lichtung und der Clan-Felsen, ein großer, mit Flechten bedeckter Felsbrocken, am anderen.

Eschenjunges stupste Gelbjunges an. »Tu's nicht! Glanzblüte beobachtet uns, schau nur dort hin.« Sie deutete mit den Ohren auf die Stelle, an der Glanzblüte und Farnfuß sich neben dem Frischbeutehaufen eine Wühlmaus teilten. Zwischen den Bissen drehte Glanzblüte immer wieder den Kopf herum und hielt nach ihren Jungen Ausschau.

Eine Welle der Zuneigung zu ihrer Mutter strömte durch Gelbjunges. *Ich freue mich, dass ich ihr ähnlich sehe.* Sie hatte einmal ihr eigenes Spiegelbild in einer Pfütze entdeckt und fast gedacht, sie blicke auf eine winzige Kopie von Glanzblüte. Obwohl ihr Fell grau und nicht orange war wie das ihrer Mutter, hatte sie selbst doch das gleiche breite, flache Gesicht, die Stupsnase und die weit auseinanderstehenden, bernsteinfarbenen Augen.

Ich will ganz so wie sie sein und ganz so wie mein Vater. Ein Krieger und eine Königin. Ich werde viele Junge haben und ich werde sie zu großen Kriegern für unseren Clan aufziehen.

»Ich weiß ein Spiel!«, verkündete sie. »Ihr seid meine Jungen, und ich bringe euch bei, Frösche zu fangen.«

»Gut!« Eschenjunges setzte sich vor Gelbjunges und wickelte ihren Schwanz ordentlich um die Pfoten.

Nussjunges rollte mit den Augen, sagte jedoch nichts, als er sich neben Eschenjunges setzte.

Gelbjunges zischte. »Ich habe noch nie so unordentliche Junge gesehen«, schimpfte sie. »Nussjunges, bist du in den Brombeeren herumgerollt? Und Eschenjunges, schau dir nur dein Brustfell an. Leck es mal anständig, jetzt sofort!«

Eschenjunges miaute amüsiert und begann, sich das Fell an der Brust zu lecken. Nussjunges wand sich, während Gelbjunges mit den Krallen unsichtbare Dornen aus seinem Fell pickte.

»Das ist ein blödes Spiel«, murmelte er. »Und dein Fell sieht auch nicht so toll aus.«

Gelbjunges gab ihm einen leichten Schlag auf die Ohren. »Wage es bloß nicht, so zu deiner Mutter zu sprechen!«

Sie trat zurück und untersuchte sorgfältig das Fell ihrer Geschwister, dann nickte sie. »Schon viel besser. Nun hört gut zu, Junge. Wir werden lernen, wie man einen Frosch fängt. Nussjunges, pass auf!« Sie schnippte mit dem Schwanz über das Ohr ihres Bruders, als er dem taumeligen Flug eines weißen Schmetterlings zusah. »Das Wichtigste, woran man bei Fröschen denken muss, ist, dass sie springen.«

»Kann ich der Frosch sein? Kann ich?«, bettelte Eschenjunges und hüpfte aufgeregt auf und ab. »Ich kann wirklich hoch springen!«

Gelbjunges stieß einen ärgerlichen Seufzer aus. »Nein! Du musst zuhören!«

Glanzblüte kam über die Lichtung auf sie zu. Ihre Augen waren warm und belustigt. »Das sieht wie ein gutes Spiel aus«, miaute sie. »Gelbjunges, du wirst eines Tages eine großartige Königin sein.«

»Und eine Kriegerin!«, betonte Gelbjunges.

»Natürlich«, schnurrte Glanzblüte. »Wenn du das möchtest.«

»Ja! Ich werde die beste …« Gelbjunges verstummte …

Graphic Novel

Die FlussClan-Kätzin Federschweif wurde von ihrem Clan beinahe getötet und kann ihren Gefährten nicht vergeben. Das ändert sich, als der FlussClan die Streunerin Sasha mit ihren zwei Jungen aufnimmt. Alle Katzen brauchen ein Zuhause, auch wenn sie wilde Krieger sind.

Eine Graphic Novel darüber, wie Liebe alte Fehden besiegen kann.

Schatten über dem FlussClan
Klappenbroschur, 208 Seiten
ISBN 978-3-407-75690-9

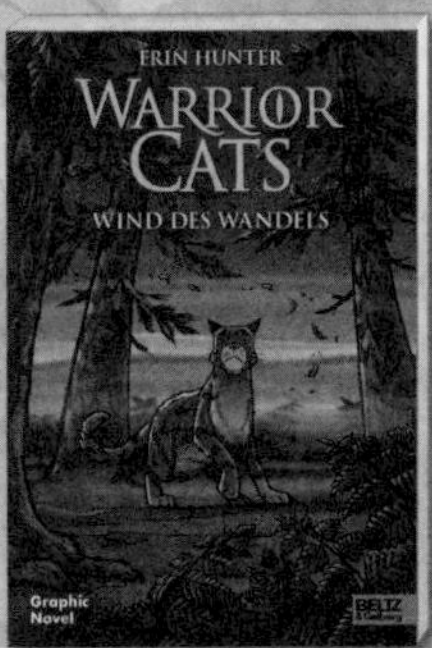

Moorkralle, der Zweite Anführer des WindClans, glaubt fest daran, dass den anderen Clans nicht zu trauen sei. Er plant den Platz seines Anführers Riesenstern einzunehmen, um seinen Clan so zu führen und zu beschützen, wie er es für richtig hält. Koste es, was – oder wen – es wolle.

Eine Graphic Novel über Vertrauen und Verrat, Schmerz und Macht.

Wind des Wandels
Klappenbroschur, 208 Seiten
ISBN 978-3-407-75691-6

Braunstern, der aggressive Anführer des SchattenClans, hält nichts von Regeln. Während einer kräftezehrenden Blattleere verbannt er die Ältesten an den Rand des Territoriums und schickt sie damit in den sicheren Tod. Nachtpelz, selbst Ältester, ist geschockt von der Grausamkeit seines ehemaligen Schülers. Er ist fest entschlossen, sich ihren Platz und Status zurück-zuerobern.

Eine Graphic Novel über den mitreißenden Kampf der Generationen.

Verbannung aus dem SchattenClan
Klappenbroschur, 208 Seiten
ISBN 978-3-407-75725-8

Alle Bände auch als E-Books

warriorcats.de

/warriorcats.de warriorcats_de

ERIN HUNTER

WARRIOR CATS

KATZENZEICHNEN

ZEICHNE DEINE LIEBSTE KATZE!

Katzenzeichnen lernen mit den Warrior Cats!
Ob alleine, mit Freunden oder der Familie – jedem gelingt in einfachen Schritten das Zeichnen seiner Lieblingskatze. Feuerstern, Erlenherz, Brombeerstern oder der eigene Stubentiger – alle lassen sich im Nu auf Papier bannen.
In einzelnen, gut verständlichen Schritten lernen Katzenfans Schnauze, Nase, Augen, Kopf, Pfoten und schließlich sogar verschiedene Bewegungsabläufe und besondere Merkmale zu zeichnen.